Josja Pruis

Korenbloemblauw
Ik houd van jou

Harm de Jonge

Josja Pruis

VAN GOOR

Inhoud

1 Een vergeten hoek van ons land

Als ik 's morgens langs de haven loop, ligt het Vogelland
mistig in een grijze zee. Sinds die stormavond in oktober
ben ik er niet meer geweest. Ada vindt dat we erheen moeten, maar ik stel het steeds uit. Misschien ben ik bang er
terug te komen? Soms kan ik ook nauwelijks geloven dat ik
echt met Josja Pruis naar het eiland ben geweest. Dan denk
ik dat Josja een jongen is die ik verzonnen heb. Omdat we
hier aan de rand van de wereld wonen en er niks span-
nends gebeurt. Bij de haven staat een modern koelhuis
waar de vissers hun vis lossen, dat wel. Maar verder is alles
nog net zoals op de foto's uit het album van mijn opa en
die zijn van voor de oorlog. Er is een lange weg naar ons
stadje, een doodlopende weg. Als je verder wilt, moet je
over diezelfde weg weer terug. Er komen bij ons eigenlijk
alleen mensen die er echt moeten zijn. In de zomer vaart er
nog wel eens een zeiljacht de haven binnen en soms rijdt
een toerist per ongeluk het plein op. Maar als ze horen dat
er niet eens een fatsoenlijk hotel is, zijn ze ook zo weer verdwenen.

En juist in dat vissersstadje, in die vergeten hoek van
ons land, dook deze zomer Josja Pruis op. Het is voor mij
nu nog steeds een raadsel waarom hij juist bij óns kwam.
Wie heeft besloten dat hij hier naar de Koningin Wilhelminaschool moest? Wie wist dat vrouw Klinkhamer hem wel

in huis wilde nemen? Iemand moet toch ook gezien hebben dat hij gebracht werd? Maar als je ernaar vraagt, lijkt niemand iets te weten. Op een dag was Josja er dus gewoon. Hij bleef hier goed twee maanden en nu hij weg is, doen ze alsof hij er nooit geweest is. Maar wacht even: Ada en ik kunnen bewijzen dat het wél zo was. Wij hebben immers het Rode Marmerboek, waar hij notities en tekeningen in maakte. En als ik het bloed op de zijkant van de bladzijden zie, weet ik dat die verschrikkelijke avond op het Vogelland ook heel echt is geweest.

'We moeten het opschrijven,' zei Ada. 'Dan kunnen anderen later lezen wie Josja Pruis was.'

Nu Josja weg is, overleg ik veel met Ada. Dat is ook iets wat ik aan Josja te danken heb. Vroeger durfde ik nauwelijks met haar te praten. Nu kan ik naast haar zitten zonder dat het knijpt in mijn keel. Dat ik verliefd op haar ben, is niet meer het belangrijkste. Ik heb geleerd dat je ook gewoon goede vrienden kunt zijn. Ada is trouwens helemaal niet zo eigenwijs als ik vroeger dacht. Ik vertel haar wat ik van Josja weet en zij mij op haar beurt wat ik gemist heb. Eigenlijk kun je het zo zien: ik ben mijn vriend Josja kwijt, maar ik heb Ada ervoor teruggekregen.

Vanmiddag na school zijn we naar het kerkhof geweest. Dat is eigenlijk de plek van de meeste raadsels. Van Josja, maar ook van mij. En op de een of andere manier moeten die geheimen met elkaar te maken hebben.

'Dan gaan we daar eerst kijken,' zei Ada. 'We zoeken het allemaal uit.'

Ada en ik lopen langs de haven naar het kerkhof. Ze hebben de doden een plekje gegeven even buiten de stad, vlak bij de zeedijk. Het is daar altijd koud en winderig en de zoute zeelucht maakt er van elke boom een treurboom. Om het kerkhof hebben ze nog wel een muurtje gebouwd. Zo liggen onze doden in ieder geval nog een beetje uit de wind.

Ada loopt zo hard dat ze mij voorbijschiet. Haar blonde haren dansen boven het rood van haar jas. Ik hol even om haar in te halen. Het hekje piept als altijd. Ik loop direct door naar een zwarte steen met zilveren letters. Tegen de zijkant is een hoop bladeren gewaaid. Ik buig een tak van het treurboompje voor Ada opzij. Ze schrikt en leest hardop voor wat er op de steen staat:

HIER RUST TOT DE OPSTANDING HOMME PRINS

'Dat heeft mijn grootmoeder bedacht,' zeg ik. 'Ze gelooft dat je later weer levend wordt. Dan kruip je zo onder die steen vandaan.'

Ada's wangen zijn rood van de kou. Het lijkt alsof het blauw van haar ogen ineens veel lichter is. Misschien verandert de kleur van je ogen als het kouder wordt?

'Wat griezelig,' zegt ze. 'Jouw naam, Homme! Net alsof jij daar ligt.'

'Het is opa Homme,' zeg ik. 'Eigenlijk heet hij Homme Tobi Prins.'

'Waarom staat dat Tobi er dan niet op?'

Ik haal mijn schouders op. Ik heb het al verschillende keren aan mijn moeder gevraagd. Het blijft een raadsel, net als dat andere nog grotere raadsel: waar is het graf van mijn vader en mijn broertje? Ze zijn allebei dood, al zo lang dat ik ze niet eens gekend heb. Volgens mijn moeder is mijn vader een paar maanden voor ik geboren werd overleden. Hij heeft mij nooit gezien, ik heb hem nooit gezien.

'Mijn moeder wil er niet over praten,' zeg ik. 'Als ik ernaar vraag, zegt ze dat ik nog te jong ben, dat ze me later alles zal vertellen.'

'Je vader is natuurlijk verdronken,' zegt Ada. 'Zo veel vissers hier zijn verdronken. Maar hoe zit het met je broer?'

'Tobi is tegelijk met mij geboren.'

Ik vertel Ada dat mijn tweelingbroer maar een paar uur heeft geleefd. Ik kreeg de eerste naam van onze opa, Tobi de tweede. Over Tobi wil mijn moeder al helemaal niet praten. Als ik vraag: 'Is hij niet bij ons begraven?' of: 'Leek hij op mij?', dan zegt ze helemaal niks meer. Soms kan ze nog net even knikken voor ze begint te huilen.

'Wat raar,' zegt Ada. 'Jouw naam staat op een steen en jij leeft. En je broertje is dood en zijn naam zie je nergens.'

'Als iemand dood is, doen ze hier alsof hij er nooit geweest is.'

'Waarom doen ze dat toch?'

'De mensen zijn bang om erover te praten.'

'Ze denken zeker: als je erover praat, kan het jou ook gebeuren.'

Het is dat mijn grootmoeder het een keer per ongeluk noemde, anders had ik niet eens geweten dat Tobi heeft bestaan. Net alsof alles wat aan hem herinnert weggepoetst moest worden. Zelfs op de steen van mijn opa mocht zijn naam niet staan. Soms denk ik dat hij niet eens begraven is, dat ze hem gewoon weggegooid hebben. Een bleek hoopje tussen het visafval: niemand die het opviel.

Ada is nog nooit op het kerkhof geweest. Ze wil het graf van de Duitse matrozen ook nog zien. Ze zijn in de oorlog met hun patrouilleboot op een mijn gevaren. Ze liggen in de hoek waar ze ook de vreemden die bij ons aanspoelen, begraven. Naamloze vissers, onbekende zeelui. Misschien helemaal aan de andere kant van de wereld geboren. En dan hier bij ons doodgaan!

De matrozen hebben trouwens wél een naam. Twee gelijke stenen met daarop de namen Heinzi Poltzer en Willy Schuhmacher. We gaan op onze hurken bij Heinzi's steen zitten. Ada gooit wat verdwaalde kiezelsteentjes terug op het graf.

'Ben je hier vaak met Josja geweest?' vraagt ze.

'Hij zat hier meestal alleen. Daar op het muurtje.'

'Geloof je echt dat Josja Heinzi Poltzer kende?'

Ik wijs naar de jaartallen op de steen.

'In 1943 overleden. Was Josja toen al wel geboren?'

Ada staat op. Ze trekt de kraag van haar jas omhoog. Onder haar neus glinstert het een beetje. Ik vind het helemaal niet vies. We lopen terug. Het begint donker te worden. Het licht op het havenhoofd is al aan.

'Weet je nog hoe het begon?' vraagt Ada. 'Die dag dat Josja hier voor het eerst was?'

'Ik had niet door dat hij zo bijzonder was,' zeg ik. 'Maar Lubbe wist het nog precies.'

Lubbe Luiten zit naast me in de klas. Hij houdt in zijn agenda bij wat voor belangrijks er in de wereld is gebeurd. Volgens Lubbe was het 17 september, de maandag dat Elvis Presley een roze Cadillac voor zijn moeder Gladys had gekocht.

'Dan beginnen we ons verslag op die dag,' zegt Ada. 'Maar ik kan niet schrijven. Dat moet jij maar doen.'

2 De komst van Josua Pruis

17 september 1956
Zuid-Afrikaanse artsen willen voor bloedtransfusies een scheiding tussen 'zwart' en 'wit' bloed. Elvis Presley heeft een roze Cadillac voor zijn moeder Gladys gekocht.

Homme Prins, 17 SEPTEMBER 1956

De zomer was al ver heen, maar het was nog steeds heet. 17 september: het moet zo'n middag geweest zijn dat we direct uit school naar de Rietlanden gingen. We stoeiden met zijn allen in de slikvelden, werden grijs van de klei en zwommen ons weer schoon in de vaargeul. Josja was er niet bij: niemand van ons was op het idee gekomen hem al mee te vragen.

's Morgens had de directeur de nieuwe hoogstpersoonlijk aan ons voorgesteld. Hij heette Josua Christiaan Pruis, maar we mochten hem gewoon Josja noemen. Josja woonde niet bij zijn ouders: hij kwam in de Mosselstraat bij vrouw Klinkhamer in de kost. Vreemden logeerden vaker bij haar: de baggeraars die één keer per jaar de haven uitdiepen slapen er ook altijd. De directeur vertelde niet waar Josja vandaan kwam. Lubbe dacht dat de ouders van Josja overleden waren. Later hoorden we ook heel andere verhalen. Dat Josja een vondeling was, bijvoorbeeld. Zijn ouders waren kermisgasten uit Duitsland, die hem vlak na zijn geboorte in een portiekje hadden achtergelaten.

Dat ik eerst niet zo op Josja lette, kwam ook doordat hij zo rustig was. De nieuwe was een rare. Hij droeg een legerjack met glimmende knopen en in de klas hield hij zijn muts op. Dat kon niemand ontgaan, ook al zat hij helemaal achterin, bij de plaat van Napoleon. Maar ik had de hele dag omgekeerd moeten zitten om alles te kunnen volgen. Ik kan me ook niet herinneren dat hij veel praatte en na vier uur was hij snel verdwenen. Misschien had vrouw Klinkhamer gezegd dat er wat zwaaide als hij niet direct thuiskwam. We wisten dat de magere heks streng was.

Pas de volgende dag besefte ik dat Josja Pruis toch wel heel bijzonder was. Dat begon al met zijn uiterlijk. Zijn hoofd was groter dan normaal en midden over zijn voorhoofd dwarrelde een ribbel. Het leek een litteken, dat ergens onder het haar begon en doorliep tot de neuswortel. En dan droeg hij ook nog een bril met glazen die zijn ogen groot maakten. Aan één kant was de steel gebroken en met leukoplast gerepareerd.

Sommige meisjes vonden hem te griezelig om naar te kijken. Maar anderen werden juist aangetrokken door dat vreemde hoofd. Uitgerekend Ada Breugel zei al heel gauw dat ze Josja 'interessant' vond. En Kokkie Martijn gilde dat ze wel met Josja wilde zoenen. Treurig natuurlijk: Lubbe en ik waren verliefd op Ada en waar moest het heen als onze Ada alleen maar oog voor Josja had?

Heel bijzonder was dat Josja op de achterste bank zijn eigen gang ging. Voor de les begonnen was zat hij al te lezen in een eigen boek. Rare boeken met onbegrijpelijke titels in vreemde talen. Het leek alsof hij vergeten was dat hij bij ons in de klas zat. Hij vroeg niks, hij keek niet op, schreef niks over van het bord. Af en toe krabbelde hij met grote hanenpoten iets in een aantekenboekje met een dik rood kaft. Lubbe en ik waren allebei stomverbaasd.

'Wat hij doet heeft niks met de les te maken, Homme.'
'En de leraren zeggen er niks van.'
'Hij krijgt niet eens een beurt, man!'
'Ze zijn bang voor hem.'

Het was duidelijk: jongens als Josja kwam je bij ons niet tegen en de leraren wisten niet wat ze met zo iemand aan moesten. Ze praatten wel tegen hem, maar ondertussen deden ze alsof ze op zijn schouder een kevertje zagen. Schijtlijsters waren het, die niet naar de ribbel op zijn hoofd durfden te kijken. Of waren ze bang voor Josja's ogen? Die waren blauw en groot, eigenlijk heel normaal, maar ze konden ineens van kleur veranderen. Dan werden ze groennachtig en schitterden ze achter de brillenglazen. En ze keken je zo strak aan dat je kriebels in je buik voelde. Lubbe Luiten beweerde zelfs dat de haartjes op zijn armen dan rechtop gingen staan. Sommige leraren konden er niet tegen. Juf Lode werd zo rood als een biet en krabde van de zenuwen ook nog eens haar armen rood. En Oostzaan ging stotteren of zijn hand begon te trillen. Bij hem zag je heel duidelijk dat hij bang voor Josja was. Maar waarom wilde diezelfde Oostzaan dan toch iedere keer Josja weer ergens op betrappen?

*

Het begon die eerste week direct al met de muts van Josja. Het was een felrode muts met een pluimpje. Niemand droeg zoiets met het warme weer en al helemaal niet in de klas. Wilde Josja de ribbel op zijn hoofd zo een beetje verbergen? We schreven die morgen zinnen over van het bord. Dat wil zeggen: wíj deden dat! Josja was verdiept in een boek. Oostzaan kuierde door de klas met zijn handen op de rug. We hoorden hem snuiven en ineens viel hij uit:

'Jij daar op de achterste bank!'

Zijn stem sloeg over en hij leek van zijn eigen woorden te schrikken. Josja keek op alsof hij wakker werd.

'Het is hier bij ons op de Wilhelminaschool niet gebruikelijk een muts op te houden, jongen.'

'Het kan toch geen kwaad, meneer?'

'We zitten hier op school, Pruis. Daar dragen we geen mutsen.'

En toen Josja nog geen aanstalten maakte:

'Afzetten, die muts!'

Josja haalde zijn schouders op en trok de muts van zijn hoofd. De ribbel op zijn voorhoofd stak wit af tegen het bruin van zijn huid. Even trilden er spiertjes in zijn wangen. Het vriendelijke rimpelde weg, het wit van zijn ogen flikkerde. Maar het was allemaal zo kort dat de meesten het toen misschien niet eens gezien hebben. Josja boog zich weer over zijn boek en Oostzaan sloop terug naar zijn bureau. Waarom maakte hij zo veel drukte over die muts en niet over het feit dat Josja de les niet volgde? Oostzaan, de kleine viespeuk, die altijd gluurde naar een stukje bloot bij de meisjes! Het leek wel alsof hij expres ruzie zocht met Josja.

In de pauze zat Josja gewoon weer met de muts op te lezen. Met zijn rug tegen de schutting van het fietsenhok. Niemand durfde hem te storen. Alleen Ada Breugel zat op haar hurken naast hem. Af en toe praatte hij zachtjes tegen haar. Of las hij haar stukjes voor uit het boek? Die heerlijke lach van Ada, helder, tinkelend, alsof er een belletje rinkelde. Josja lachte niet. Niemand heeft Josja eigenlijk ooit hardop horen lachen. Wel was er een glimlach, bijvoorbeeld als hij even over Ada's haar streek. Een merkwaardig gebaar, dat ons eerst jaloers maakte. Lubbe trok dan aan zijn oren alsof ze eraf moesten.

'Ik kan er niet naar kijken, Homme. Hij zit aan Ada.'

'Hoe flikt hij het?' zei ik. 'Hij is hier nog maar net.'

'Het is die lasnaad op zijn kop, Homme.'

'Het lijkt alsof zijn kop daar ooit gescheurd is.'

'Wat maakt het uit wat er gebeurd is, man! Had ik maar zo'n kop.'

Zo waren de eerste dagen dus. Het waren zonnige dagen. Ada en Kokkie lachten veel en gluurden de hele dag naar Josja. Ze zagen Lubbe en mij niet meer staan. Josja bemoeide zich niet met ons en na schooltijd was hij snel verdwenen. We zagen hem niet op straat en ook niet in de Rietlanden. Al die tijd wisselde ik geen woord met hem. Dat gebeurde pas aan het eind van de week, op zaterdag, toen we 's middags vrij waren.

3 Een vissersstadje barstensvol muizen

Homme Prins en Ada Breugel, 14 NOVEMBER 1956

Ada heeft vandaag de schoolfoto meegenomen. Ze schaamt zich een beetje voor het rode hartje dat ze erop getekend heeft, vlak boven Josja's hoofd. Het is de enige foto die we van Josja hebben. Ook een bewijs dat hij hier geweest is dus.

We staan met zijn allen achter in de klas bij de wandplaat van Napoleon. Josja vooraan in zijn legerjack met koperen knopen. Ada en Kokkie staan elk aan een kant van hem. Ze leunen een beetje opzij, alsof ze tegen hem aan kruipen. Ada blond en mooi, Josja Pruis ernstig, zijn ogen half dichtgeknepen achter zijn bril. Zelfs nu heeft hij die rode muts op.

Rechts op de achterste rij zie je ons. Lubbe Luiten met zijn gele borstelhaar, zijn gekke oren zonder randjes. Bertus Belstra met zijn platte neus alsof hij al een leven lang heeft gebokst. Jakko Kalkhuis en alle anderen. Ikzelf met mijn paardenkop, het haar golvend naar twee kanten, de scheiding in het midden.

Overal zie je lachende gezichten. Maar Lubbe en ik, wij lachen niet. Je ziet duidelijk dat we opzij kijken naar Josja en Ada. Zelfs op de foto verliezen we ze niet uit het oog. Ada ziet het ook. Haar vinger glijdt over de foto. Is het toeval dat de nagel stopt op Josja's borst?

'Lubbe en jij kijken niet in de lens.'

'We keken naar jou. We keken altijd naar jou.'

'Je was jaloers, hè?'

'Toen wel.'

Ik tuur weer naar de foto. Helemaal links staan een paar leraren. Oostzaan naast juf Lode. De kleine zenuwpees met wie het zo slecht zou aflopen! Hij kijkt ook niet in de lens. Hij rekt zijn magere hals en gluurt in Lodes bloesje!

'Denk je dat Josja de foto ook heeft?'

'Heeft hij zijn spullen wel meegenomen? Ook die rare boeken van hem?'

'Dat kunnen we vrouw Klinkhamer vragen.'

'Er staat niks over de schoolfoto in het Marmerboek, hè?'

'Wel over de mensen hier.'

Ik pak het Rode Marmerboek. 'Hij heeft het jou gegeven,' zei Ada eerder. 'Dan mogen we er ook in lezen.'

Het is eigenlijk Josja's dagboek. We noemen het het Rode Marmerboek, omdat het een rood gemarmerd kaft heeft. De hoeken zijn afgesleten: bruin karton kruipt door het rood. Achterin golven de bladzijden omdat ze nat zijn geweest. Dat is toen op het Vogelland gebeurd. Net als de rode vlekken. Ik heb Ada nog niet verteld dat het bloedvlekken zijn. Ik blader in het boek en zoek op een van de eerste bladzijden. Ik wijs de regels met mijn vinger aan. Ada leest over mijn arm mee.

Muizen, overal muizen hier! Het stikt hier van de muizen. Ik heb nog nooit zoiets raars gezien. Het is hier eigenlijk te groot voor een dorp: twee scholen, een paar kerken, een visfabriekje. Zal dus wel een stadje zijn, maar ik denk steeds dat het een dorp is. Het lijkt alsof ze elkaar hier allemaal kennen. Als je door een straat loopt, kijken ze je aan en zeggen ze niks. Pas als je voorbij bent, hoor je geritsel achter je. Dan staan ze met de koppen bij elkaar te snuffelen.

Op school heb je ze ook. Eentje is leraar: hij schiet tussen de banken door alsof hij bang is dat ze hem pootje lichten. Hij wil niet dat ik mijn muts draag. Die man: je weet niet wat je ziet! Grote tanden. Een voorhoofd schuin naar achteren. Een kin die wegzakt. Een spits gezicht, een spitsmuis dus.

Waar ben ik eigenlijk terechtgekomen? Een vissersplaatsje, kleine huisjes met groene deuren. Gehaakte gordijntjes voor de ramen. De tijd heeft hier stilgestaan.

'Je zult er leren hoe je moet leven,' zeiden ze in het Witte Huis. 'Misschien kun je er later werken in de visfabriek.' En Vet Varken zei: 'Ik vergeef je wat je gedaan hebt. Je krijgt een nieuwe kans. Doe je best, misschien groeit er nog een gewoon mens uit jou.'

Ze wisten niet wat ze zeiden. Alsof ik hier normaal kan worden! Hoe moeten we hier leven? Ik wil helemaal geen visser worden. Dat is iets voor die jongens in de klas. Homme en Lubbe. Soms zie ik dat ze naar me kijken. Ik geloof dat ze een boot hebben. Misschien kunnen we daar nog wat lol mee maken.

Ik kijk even opzij en zie Ada van heel dichtbij. Ze kauwt langzaam op haar kauwgom. Haar ogen hebben weer die vreemde kleur. Ik zou er graag de naam van willen weten. Koningsblauw? Pauwblauw? Wat voor blauw is er zoal?

Ada wijst naar mijn naam in het Rode Marmerboek. Haar haar kriebelt bij mijn wang. Ik ruik die geur weer, die Josja ook zo lekker vond. Het is de geur van de pudding die mam op zondag maakt. Ik heb het haar gevraagd: het is vanillepudding. Maar Ada haalt de geur natuurlijk uit een flesje.

'Dus zonder die boot waren jullie geen vrienden geworden?' vraagt Ada.

'We wilden naar het Vogelland,' zeg ik. 'We kwamen hem tegen bij de haven. Hij zat op het grasveld bij het anker.'

'Toen durfde je wel iets tegen hem te zeggen?'

'Lubbe begon. Lubbe is voor niemand bang.'

4   Een broer in je hoofd

22 september 1956
De miljoenste vluchteling uit Oost-Duitsland is geteld. De prinsessen
Irene en Margriet zijn bij Marken achter een racebootje aan het water-
skiën.

Homme Prins, 22 SEPTEMBER 1956

We waren op weg naar onze roeiboot toen we hem zagen. Hij
zat met zijn rug tegen het anker van het Vissersmonument en
tuurde naar de viskotters. De rode muts was over zijn voorhoofd gezakt. We wilden hem eerst met een 'hoi' voorbijlo-
pen, maar Lubbe zwaaide ineens met zijn arm en bleef staan.
Waar die gekke Lubbe de moed vandaan haalde, is me nu nog
altijd een raadsel. Hij sprak Josja gewoon aan.
   'Wat vind je van onze boot?' vroeg hij.
   Hij wees met een breed gebaar naar de Oostpier. Het was
nog eb en dan valt een stuk van de haven droog. Onze roeiboot
lag als een dode vis op het slik. Josja draaide zijn hoofd traag
opzij. Het licht schitterde even in de glazen van zijn bril.
   'Gezonken, zeker,' zei hij. 'Waar zat het lek?'
   'Je snapt het niet,' zei Lubbe. 'Als straks het water opkomt,
drijft die boot weer. We gaan ermee het wad op.'
   Hij ging naast Josja zitten en trok een polletje gras tussen
de stenen weg.
   'Mooi bootje,' zei Josja. 'Hoe kom je d'r aan?'
   'Van Hommes opa.'
   'We roeien er zo mee naar het Vogelland,' zei ik.
   Het waren de eerste woorden die ik tegen hem zei. Josja
zette een hand boven zijn ogen en tuurde naar de slikvelden
buiten de haven. Het Vogelland was een gele heuvel van riet en

22

duin, een paar honderd meter voor de kust. Op het hoogste deel een verdwaalde boom, waarin zeekraaien een nest hadden gebouwd. De vaargeul slingerde er als een lint langs.

'Je mag eigenlijk niet op het Vogelland komen,' zei Lubbe.

'Er woont toch niemand?'

'Het stikt er van de meeuwen.'

Lubbe vertelde dat er in de oorlog een boot was ontploft en dat het wrak nog altijd op het Vogelland lag. Josja wilde precies weten wat voor boot het was en wie erop gevaren hadden.

'Als je er gaat graven vind je er nog kogels uit de oorlog,' zei Lubbe.

We liepen met zijn drieën naar de Oostpier. Langzaam, als oude mannen op een warme zomerdag. Het viel me toen pas op dat Josja raar liep. Zijn rechterbeen zwaaide in een boogje naar voren. Ik zag dat hij aan die voet ook een vreemde schoen droeg, kleiner dan normaal, maar wel met een dikke zool en met leer over de enkels.

'We zwemmen 's middags in de Rietlanden,' zei ik. 'Aan de andere kant van de pier.'

'Wat heb je aan zwemmen,' zei Josja. 'Ik zwem nooit.'

Ze hadden blijkbaar ook nog iets van ijzer onder zijn schoen gespijkerd. Hij stampte als een paard over het plankpad. We gingen op de steiger zitten, onze benen slingerend boven de roeiboot. Lubbe nam weer het woord. Zijn stem was schril.

'Ze wachten daar wél op je.'

'Wie wachten er?'

'Nou, Ada en Kokkie, natuurlijk!'

'Die wachten op mij?'

'We zijn allebei op Ada, zie je. Niet op Kokkie.'

Lubbe haalde diep adem. Het was eruit! Hij wachtte af wat

Josja zou zeggen. Josja keek ons even recht aan, zijn ogen blauw en groot achter de brillenglazen.

'Je bedoelt dat Ada van jullie is? Kokkie, dat mag wel?'

'N-nou, ja, wacht eens even,' zei Lubbe.

Hij begon een beetje te stotteren, had misschien al te lang in Josja's ogen gekeken.

'Ze ziet ons niet staan nu jij er bent,' zei ik. 'Hoe doe je dat, man?'

Josja nam zijn bril af en veegde met zijn duim over het glas. 'Weet je wat leuk is?' vroeg hij. 'Je kunt de naam Ada van voren naar achteren lezen. Met "moorddroom" kan dat ook, wist je dat?'

Hoe zeg je tegen iemand die je nog niet kent wat je bedoelt? We wilden hem vertellen dat we al zo lang achter Ada Breugel aan zaten. En dan kwam er een vreemde met een ribbel op zijn kop en die zette ons binnen de kortste keren te kijk.

'Het gaat niet om de naam,' zei Lubbe. 'Ze is hartstikke mooi, man.'

'Dat is niet belangrijk,' zei Josja. 'Is ze trouwens wel mooi?'

Hij zette zijn bril weer op en schopte met de hak van zijn schoen tegen een balk. Een meeuw landde krijsend op het slik en begon te scheuren aan een krab. Wij gromden van verontwaardiging. De prachtige Ada Breugel! Hoe durfde iemand eraan te twijfelen dat ze mooi was? Alle jongens droomden van haar. Het was even dreigend stil. We hoorden Josja's schoen de seconden wegbonken. Regelmatig, alsof er een zware klok tikte. Lubbe trok aan zijn gekke oren en zoog zijn adem fluitend in. Ik wist dat Lubbe ging vechten als hij echt kwaad werd. Josja schoof zijn muts naar achteren en knikte.

'Maak je niet druk,' zei hij. 'Als je dat graag wilt, is ze mooi, mij best! Ik heb niet zoveel met Ada, hoor!'

Lubbe liet zijn adem los: het siste als een leeglopende fiets-
band. Wat Josja zei, stelde ons een beetje gerust. Maar het was
geen antwoord op de vraag hoe hij het flikte. Of had hij daar
ook niks op te zeggen? Was het voor hem de normaalste zaak
van de wereld? Toen we dachten dat we verder toch niks te
horen kregen, vroeg Lubbe maar hoe het nou zat met zijn
hoofd. Het leek wel een dunne sliert kaarsvet, daar op het
voorhoofd. Zonder eromheen te draaien vertelde Josja dat hij
eigenlijk een tweeling was.
    'Een Siamese tweeling,' zei hij. 'Je weet wel: twee mensen
die samen maar twee benen hebben en zo.'
    We dachten even dat hij een grapje maakte.
    'Wij zien niks van die ander bij jou, Josja.'
    'Het zit vanbinnen.'
    'Maar dan moet je toch iets dubbel hebben?'
    Josja knikte.
    'We zijn met zijn tweeën, maar we hebben één lichaam. In
ons hoofd zitten gewoon twee stel hersens, snap je?'
    We bleven hem aankijken met ogen groot van verbazing.
Lubbes mond zakte zelfs open en bleef even zo staan.
    'Heeft die ribbel op je kop ermee te maken, Josja?'
    'Er zit een schotje achter.'
    Hij legde uit hoe het precies zat. Zijn broer woonde zoge-
zegd bij hem in. Josja zat links, zijn broer rechts in het hoofd.
We hadden even tijd nodig om ons dat voor te stellen. Maar
meteen daarna kwam er een stroom aan vragen in ons op. Was
het Josja of zijn broer die iets zei? Als je ging voetballen en
Josja schoot op doel: wie schopte er dan eigenlijk? Waarom
noemden we het lichaam van twee mensen trouwens Josja

Pruis? Had die ander niet evenveel recht om er te zijn? Lubbe vroeg het.

'Je broer heeft toch zeker ook een naam, Josja?'

'Hij heet Kai. Je hoort hem niet. Hij vindt praten niet zo leuk.'

'Maar we noemen jullie Josja?'

'Als je er maar één ziet, is één naam toch genoeg?'

'Weet je zeker dat het een broer is?'

'Wat dacht je?'

'Het kunnen rechts toch ook meisjeshersens zijn?'

Dat was een goede vraag. Josja schoof zijn bril omhoog en drukte duim en wijsvinger in zijn ooghoeken. Maar toen had hij ook een antwoord waar wij weer verlegen mee waren.

'Daar beneden zit een piemel, man. Die zou dan ook van haar zijn. Heb je ooit gehoord van een meisje met een piemel?'

Hij trok nog eens aan zijn muts, knikte naar ons en klom overeind. Hij kloste het plankpad af. Zijn rechterbeen slingerde opzij. We keken hem na tot hij in de Mosselstraat verdween. Twee stel hersens? Een tweelingbroer die samen met Josja in één lichaam zat? Zo'n vreemd verhaal hadden we nog nooit gehoord. Ik moest aan mijn dode broertje denken. Wij waren ook tweelingen. Ik wist niet waar Tobi aan was doodgegaan. Had hij maar als tweeling bij mij in het hoofd gezeten, dan was hij er nog geweest. Dan had ik met hem kunnen praten in mijn hoofd.

's Avonds in bed was ik nog met Josja bezig. Ik had nooit iemand ontmoet die me zo aan het denken zette. Dat was het verschil met Lubbe. Met hem praatte ik over voetballen, over huiswerk, over Ada. Met Josja ging het om dingen waar ik nog nooit van had gehoord. Josja wist ook zoveel meer dan alle anderen. Het leek alsof hij in de klas niet oplette en toch haalde hij bij een proefwerk de hoogste cijfers. Hij sprak Engels met juf Lode alsof ze allebei in Engeland geboren waren. Voor zijn Frans had hij Oostzaan niet nodig. En dan was er ook nog die vreemde taal waar we geen snars van begrepen.

'Het is Russisch,' dacht Lubbe. 'Of een indianentaal uit het oerwoud.'

'Misschien is het een geheimtaal,' zei ik.

Josja zei bijvoorbeeld 'Vadielg madie snadiel'. Wij keken als de schapen op de zeedijk en moesten vragen wat hij bedoelde. Josja zuchtte dan en zei het in gewone taal. Hij deed er soms zijn ogen bij dicht. We verdachten hem ervan dat hij het zijn broer liet zeggen. Die vond vast en zeker dat wij niet bij de snuggersten hoorden. 'Vadielg madie snadiel' betekende natuurlijk dat we hem vlug achterna moesten komen. Dat we dat niet begrepen! Waren alle jongens in dat rare vissersplaatsje dan zo stom?

5   Een marmot met zachte ogen

Homme Prins en Ada Breugel, 14 NOVEMBER 1956

'Logisch dat hij altijd hoge cijfers haalde,' zegt Ada. 'Met twee stel hersens kan ik dat ook.'

'Misschien verdeelden ze het werk,' zeg ik. 'Als Josja geschiedenis leerde, deed Kai aardrijkskunde.'

Ada legt een haarlok achter haar oor.

'Vond hij nou echt dat ik niet mooi was?' vraagt ze.

Ik kijk haar aan. Er zit geen lachje in haar ogen. Maakt ze zich echt druk om wat Josja zei? Iedereen vindt haar mooi. Dat moet ze zelf toch ook weten! Voor Josja telde zoiets gewoon niet.

'Hij zei dat het niet belangrijk was,' zeg ik.

'Onzin, alle jongens vinden mooie meisjes leuker.'

'Josja niet.'

'Jij dan?'

'Ik ben Josja niet.'

'Dus jij vindt het wel belangrijk?'

Ik zucht eens diep. Ik vind Ada erg mooi, maar ik kijk wel uit om het te zeggen.

'Je bent een marmotje,' zeg ik.

'Met snorharen?'

'Een marmot met zachte ogen.'

Mooie blauwe ogen, denk ik. Maar dat zeg ik ook niet. Ze lacht omdat ze weet wat ik bedoel. Josja heeft het Rode Marmerboek voor de helft volgeschreven, wel vijftig bladzijden met grote, ronde letters en lange lussen. Soms zijn er stukken doorgestreept, soms is het geheimschrift. Maar er staan ook tekeningen in van mensen die op dieren lijken. Hoe moet ik dat uitleggen? Een mens met het uiterlijk van een dier. En dat dier past dan bij het karakter van de mens. Veel muismensen, koemensen, en een marmotmeisje dus. Je hebt niet veel fantasie nodig om te zien dat Ada het marmotmeisje is.

*Ik heb ze verteld dat ik samen met Kai in ons lichaam woon.
Ik zag dat ze het niet begrepen, dat ze bang werden. Alle men-
sen die ik ooit van Kai vertelde, denken dat ik gek ben. In het
Witte Huis geloofde Vet Varken er ook niks van. Elke week*

30

*wilde hij het daar weer over hebben en alles wat ik zei schreef
hij op. Ik hoor hem weer praten:*

*'Dus je broer zit ook in je hoofd? Dat weet je zeker, hè?
Jammer dat jullie er zo normaal als één mens uitzien. Jullie
waren veel mooier geweest met twee koppen op één lichaam.
Dan hadden we een hoop geld met jullie op de kermis kunnen
verdienen, ha, ha!'*

*En het ergste was als hij begon met: 'Lieve Siamese jonge-
tjes, kom eens wat dichterbij, jullie.'*

*Vet Varken! Zijn glurende oogjes achter dikke brillenglazen.
Zijn kinnen, de handen die me vasthielden. Er zitten haren
boven op zijn vingers, zwarte haren. Hij nam soms plaatjes
voor me mee van Siamese tweelingen. Die had hij, denk ik, uit
zijn geleerde boeken geknipt.*

Ik hoor hem weer lachen als hij ze met mij bekeek.

*'Jullie boffen maar,' zegt hij. 'Wat moet een mens met zo veel
armen daarboven? En wat heb je aan twee monden als er toch
maar één maag is? Nee, dan zitten jullie beter in elkaar.'*

*Gelukkig is Vet Varken nu ver uit de buurt. Of zou hij nog op
bezoek kunnen komen? Kai en ik moeten het hier maar een
poosje uithouden, anders vragen ze hem ons weer op te halen.
Ik wil nooit meer terug naar het Witte Huis. Misschien valt er
in dit muizennest toch nog wel iets te beleven. Dat Vogelland,
bijvoorbeeld. Ze zeggen dat er een wrak van een marineboot
ligt. Ze doen er geheimzinnig over. Er moeten geesten zijn. Die
twee jongens weten er meer van. Ze hebben een boot. Ik wil
erheen.*

De Tocci-broers, geb. Italië, 1877 – ?

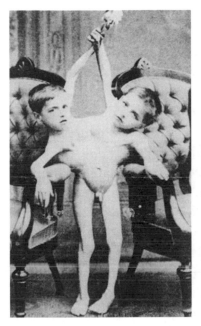

31

6 Hersendoosjes in je hoofd

24 september 1956
De orkaan Flossy raast met 160 km per uur over New Orleans richting Alabama. Op Terschelling verfilmt men het boek *Sil de strandjutter.*

Homme Prins, 24 SEPTEMBER 1956

Vlak voor we de klas in gingen tikte Josja me op de schouder.

'Dat Vogelland van je,' zei hij, 'daar wil ik vanmiddag wel heen.'

Hij vroeg niet of het wel kon, of ik wel wilde. Het was vanzelfsprekend en ik wist even niet wat ik moest zeggen.

'Jij en ik, met jouw boot,' zei hij nog.

Hij keek me aan en knikte. De ribbel was als een touwtje over zijn voorhoofd gespannen. Hij trok zijn muts recht en hobbelde naar de achterste bank. Nog voor Oostzaan met de les begon, was hij alweer verdiept in een boek. Het draaide een beetje in mijn buik. Voelde ik toen al dat er dingen gingen gebeuren die ik eigenlijk niet wilde? In de pauze liep ik met hem mee. Ik wilde hem vragen of hij wel kon roeien, maar hij stak een hand op alsof hij me tegenhield.

'Nou nog niet,' zei hij kort. 'Vanmiddag gaan we roeien.'

Hij ging tegen de schutting van het fietsenhok zitten en begon te lezen. Het leek me een oorlogsboek. Op het omslag was veel rood en geel van bommen die ontploften. Uit het borstzakje van zijn jack haalde hij een dropveter. De sliert kroop langzaam zijn mond binnen. Hij las en kauwde en deed alsof ik niet bestond. Af en toe drukte hij zijn bril hoger op de neus. Eén keer zette hij hem af om de leukoplast rond de steel wat vaster te kneden. Wie las er in de pauze nou een boek? De anderen liepen rond, renden, stoeiden.

Ik vertelde Lubbe dat ik met Josja ging roeien. Lubbe krulde zijn dikke lippen en keek spottend. Hij zei niet dat hij ook mee wilde.

'We gaan niet heel ver.'

'Als hij maar niet bang is voor de geesten daar.'

'We komen niet op het eiland.'

'Nou, kijk maar uit, jij!'

Toen om één uur onze vrije middag begon, kwam Josja direct op me af. Nu deed hij alsof we al jaren vrienden waren. We liepen eerst langs mijn huis en haalden bij vrouw Klinkhamer nog een paar appels. In de haven zag ik meteen al dat hij nog niet zo vaak geroeid had. Hij zette bij het instappen zijn voet op de rand en liet de boot gevaarlijk schommelen. Voorzichtig krabbelde hij naar de zitplank achter in de boot.

Het was warm: ik roeide langzaam. Josja zat onbeweeglijk rechtop achterin. Uit het borstzakje van zijn jack stak het aantekenboekje, het kaft net zo rood als zijn muts. Bij elke haal aan de riemen boog ik me naar voren. Dan kwam mijn gezicht even dicht bij dat van hem. Zijn ogen waren heel lichtblauw. Hij praatte niet, tuurde over mijn schouder in de verte. Soms boog hij zich opzij en dan liet hij zijn hand door het water glijden.

Ik volgde eerst de vaargeul langs de slikvelden. Tot ik bij de mosselbanken en rietvelden van het Vogelland was. Dan moest ik nog even de bocht om naar het zandstrand aan de noordkant van het eiland.

'Het is bijna vloed,' zei ik. 'Je moet altijd met vloed roeien. Anders trekt het water je naar zee. Dan kom je niet meer terug.'

'Loopt het hier bij vloed niet onder?' vroeg Josja.

'Een enkele keer. Als het hard waait en het water hoog is.'

Josja ging rechtop in de boot staan, wijdbeens. Hij zette een hand boven zijn ogen en tuurde naar het eiland. Hij stond zoals Napoleon op de wandplaat achter in de klas.

'Er komen hier zeker niet veel mensen?'

'Als er vogels broeden. Dan zoeken ze er eieren.'

'Vrouw Klinkhamer zegt dat het er spookt.'

'Dat zijn die matrozen uit de oorlog. Als het stormt, hoor je ze roepen.'

'Hun boot ligt er nog, hè?'

'Het is een wrak.'

Ik roeide naar het strand tot ik door het water de witte vlekken van schelpen zag. Josja ging op het zijboord zitten en liet de roeiboot overhellen. Hij zwaaide zijn benen overboord en sprong in het water met zijn schoenen nog aan.

'Even kijken,' zei hij. 'Hier ligt die boot, hè?'

Ik was liever teruggegaan, maar durfde dat niet tegen hem te zeggen. Ik trok mijn schoenen uit en sleepte de boot het strand op. Josja was al bij het eerste duin omhooggeklauterd en schreeuwde naar mij. Hij had direct de plek gevonden waar de marineboot gestrand was. Een paar meeuwen doken uit de lucht en scheerden over mijn hoofd.

*

Het wrak ligt er al een jaar of tien. Alles wat nog wat waard was, de motor, het hout van het stuurhuis, is er allang afgesloopt. Van de boot is weinig meer over dan een bonk roestig ijzer, half weggezakt in het zand. Aan de zijkant heeft een zeemijn een gat in de scheepsromp geslagen. Langs de randen is het ijzer omgekruld. Josja keek er met ontzag naar en schopte met zijn zware schoen tegen het ijzer.

'Allemachtig, dat is een knal geweest,' mompelde hij.

'De schroef konden ze er niet af krijgen,' zei ik.

Josja begon aan een schroefblad te wrikken tot er zweetdruppels op zijn voorhoofd glinsterden. Het vastgeroeste metaal gaf geen millimeter mee. Hij liet zich op zijn knieën in het zand zakken. Hij keek even om zich heen en begon toen met zijn handen een kuil te graven.

'We hebben een schop nodig,' zei hij. 'Hier liggen vast nog dingen uit de oorlog.'

'Het is al lang geleden,' zei ik. 'Ze hebben hier al vaak gezocht.'

Hij hield op met graven en keek me aan. Op zijn brillenglazen zat zand.

'Hoeveel soldaten waren er?' vroeg hij.

'Ik denk niet meer dan twee. Het is niet zo'n grote boot.'

'Misschien liggen hun botten hier nog.'

'Ze zijn bij ons op het kerkhof begraven.'

Hij vroeg of ze direct dood waren geweest. Of ze door de mijn gedood waren of verdronken waren. Wie ze gevonden had en hoe ze de namen wisten. Hij liep nog een poosje om de boot heen en ging toen op zijn rug naast me liggen. Zijn ogen gleden dicht alsof hij een tukje in de zon ging doen. Aan zijn natte broekspijpen plakte zand. Ergens ver weg hoorden we de dieselmotor van een viskotter. Josja deed zijn ogen weer open en trok het aantekenboekje uit het borstzakje van zijn soldatenjack.

'Ik laat je wat bijzonders zien,' zei hij.

Hij bladerde in het boek tot hij bij een tekening kwam. Alsof we speciaal naar het Vogelland waren gekomen om het daar te bekijken! Het was een vreemde tekening. Met pen en kleurpotloden had Josja de drukte in het hoofd van een mens getekend. Het was een wirwar van draadjes, knopjes, holtes en gangetjes. Er stonden woorden bij geschreven die ik niet begreep. Had hij iets overgetekend uit het boek dat hij achter in de klas las? Uit dat gekke boek met die vreemde titel? *Phrénologie de l'Homme* hadden we gelezen en niemand begreep wat dat betekende.

'Heb je die tekening zelf gemaakt, Josja?'

Hij legde een vinger op zijn mond en fluisterde alsof het om een geheim ging.

'Weet je hoe mensen in elkaar zitten? Wat er in je hoofd zit?'

'Is het jullie hoofd? Van jou en je broer, gaat het daarover?'

Josja veegde het zand van de bladzijde en knikte.

'Het is daarboven ingewikkeld, hoor! Voor alles wat je kunt, is er een apart hersendoosje. Voor taal bijvoorbeeld hier!'

Hij tikte op de zijkant van zijn hoofd.

'En voor rekenen heb je een wiskundedoosje. Alles piepklein, natuurlijk, anders zou het niet in je hoofd passen.'

Ik tuurde naar de tekening. Wat had hij het mooi getekend! Een doolhof van gangetjes, spiraaltjes en kronkels. Zo ingewikkeld moest het echt in je hoofd zijn. Hoe kon je anders al die bijzonderheden van de vakken op school onthouden! En ook nog die duizenden kleine dingetjes. Dat Ada drie moedervlekjes bij de neus rechts had, dat op de elf theelepeltjes van mam de torens van elf steden stonden, dat het eitje van een merel blauwgroen was. En ga zo maar door! Alles wat je wist moest in hersendoosjes, laatjes misschien, opgestapeld liggen.

'Soms zit zo'n doosje barstensvol,' zei Josja. 'En soms is het bijna leeg. Dan kun je iets helemaal niet. Dan drukken de andere het in elkaar.'

Hij haalde de appel van vrouw Klinkhamer uit zijn broekzak. Tussen het kauwen door vertelde hij verder over de hersendoosjes. Hoe de doosjes vol kwamen en hoe alles er weer uit gleed als je oud werd. Ik luisterde verbaasd naar hem. Stond dat allemaal in het boek? Hoe kon het dat hij het snapte als het ook nog eens in het Frans geschreven was? Bij Oostzaan waren we nog niet veel verder gekomen dan zinnetjes als 'Papa fume une pipe'.

'Dat is niet zo moeilijk,' zei Josja. 'Ik ben in Frankrijk geweest. En daar leer je die taal zo.'

'Je broer, zeker,' zei ik. 'Je weet zoveel omdat je broer meedoet.'

Nu ik goed keek zag ik dat er op de tekening ook een scheiding tussen het linker- en rechterdeel zat. Het moest dus het hoofd van Josja en Kai zijn. Josja vertelde dat ze soms ruzie hadden over een doosje dat vlak bij het tussenschotje zat. Hij praatte maar door, tot ik me weer herinnerde waar we zaten.

'Het wordt laat,' zei ik. 'We moeten terug.'

We sleepten de roeiboot naar het water. Ik roeide terug door de vaargeul. Het laatste stuk liet ik Josja roeien. Hij maaide eerst een paar keer met de riemen door de lucht. Even later had hij de slag te pakken. Links van ons gleden de Rietlanden voorbij. We hoorden er nog een paar late zwemmers schreeuwen. Ze zagen ons niet. Josja tuurde over mijn schouder. Toen we al bijna bij de Oostpier waren, begon hij nog eens over de Duitse matrozen.

'Waarom zijn ze hier bij jullie gebleven?' vroeg hij. 'Moesten ze niet in hun eigen land begraven worden?'

Ik wist het antwoord niet en beloofde hem dat ik het thuis zou vragen.

7 De bibberkinnen van Vet Varken

We zitten aan de grote tafel bij Ada thuis. Ada kauwt kauwgom. Ze koopt het omdat je er foto's van filmsterren bij krijgt. Het mooist vindt ze Doris Day en Pier Angeli. Ze heeft voor Engels ook een schrift met Doris Day op het kaft.

'Josja was veel met zijn hoofd bezig,' zegt Ada. 'Omdat Kai er ook in zat, natuurlijk. Het was druk in zijn hoofd, hoor.'

'Ik vind het mooi zoals hij dat vertelt,' zeg ik. 'Met die hersendoosjes.'

'Als een hersendoosje stuk is, krijg je een droom, denk je niet? Heb je al over die vreemde dromen gelezen?'

Ik pak het Rode Marmerboek en blader erin. We bekijken eerst nog eens de tekening die Josja me op het Vogelland liet zien. Dan zoek ik de plek op waar hij vertelt dat hij gedroomd heeft. Het staat op een bladzijde waar hij slordig schrijft. De letters zijn hoekig, alsof hij ze met zijn linkerhand heeft geschreven. Soms zijn er ook woorden of hele zinnen doorgestreept. We hebben nog niet geprobeerd uit te zoeken wat er gestaan heeft. Als je het tegen een lamp houdt, moet je dat kunnen zien.

Bladzijde 10 van het Rode Marmerboek

De droom van vannacht ging weer over Vet Varken in het Witte Huis:

Vet Varken leunt achterover in zijn stoel. De vetrollen onder zijn kin bibberen als hij lacht. Hij trekt zich overeind en houdt me een schaal voor. Wat is hij vandaag aardig, denk ik. Hij geeft me een plakje cake! Maar als ik een stukje pak, zie ik dat het geen cake is. Het is een grijze massa, gestold vet lijkt het, met rode adertjes en hier en daar gele bellen.

'Het zijn de hersens van de pasteibakker uit het dorp,' zegt Vet Varken. 'Als je het opeet, gaat alle kennis die erin zat naar jouw hoofd. Eet nou maar, dan ken je ook het geheime recept van de lekkerste pasteitjes van de wereld.'

Hij lacht met gierende uithalen. Zijn lichaam trilt als een pudding. Ik moet kokhalzen en sla een hand voor mijn mond. Vet Varken drukt de schaal tegen mijn borst.

'Opeten!' schreeuwt hij. 'De pasteibakker is de slimste van het dorp.'

Hij grijpt me vast bij mijn haar. Met zijn andere hand propt hij de cake in mijn mond. Zijn worstvingers glibberen over mijn tong. Ik kronkel tegen zijn borst als hij mijn neus dichtknijpt. Dan laat hij me los en begint hij als een gek de cake in zijn eigen mond te stoppen. Zijn ogen flitsen heen en weer alsof hij bang is dat ik het laatste stukje voor zijn neus wegpik.

Wat zei Vet Varken die middag? Zei hij het echt of hoort het ook nog bij de droom?

Ik zit recht op een stoel voor zijn bureau. Ik kijk over zijn hoofd naar buiten. Groep 4-rood heeft corvee. Ze hebben het gras gemaaid en harken het bij elkaar. Het gras moet in een fietskar, maar ze gooien elkaar handenvol in het gezicht.

Vet Varken poetst zijn bril en zet hem weer op. Er zitten kringen in het glas, zijn ogen zijn klein. Als hij maar niet weer mijn hand wil vasthouden, denk ik. Hij kijkt me strak aan.

'Weet je dat je geen vader en moeder meer hebt?' zegt hij. 'Ze zijn in de oorlog omgekomen.'

'Niet waar!' roep ik. 'Ze zijn gevlucht. Ik ga ze later zoeken.'

Vet Varken schudt zijn hoofd. Zijn mond wordt breder, zijn oogleden zakken. Ik tel drie bibberkinnen onder elkaar.

'Ze leven niet meer, het is allemaal uitgezocht, jongen. Eerst je vader en later bij een bombardement je moeder.'

Ik stop mijn vingers in mijn oren. Ik wil het niet horen.

'Het is nog niet af,' zegt Ada, 'de rest kun je niet lezen.'

Josja heeft het woord voor woord doorgekrast. Onder op de bladzijde staat een tekening. Twee rechtopstaande grafzerken.

'Daar heeft hij de graven van zijn vader en moeder getekend,' zeg ik.

Ada buigt zich voorover. Haar adem strijkt langs mijn wang. De vanillegeur kriebelt in mijn neus.

'Nee,' zegt ze. 'Het zijn de stenen van de Duitse soldaten die je me dinsdag liet zien.'

Ze heeft gelijk. Met potlood zijn er letters op de stenen getekend. Heel vaag HP en WS. Heinzi Poltzer en Willy Schuhmacher! Ada wrijft met haar vinger over de tekening.

'Heb je toen je moeder nog gevraagd waarom ze hier begraven zijn?'

'Ik heb het gisteren gevraagd,' zeg ik.

Ik kijk even over Ada's hoofd in de verte. Ik zie mijn moeder weer in de keuken. Haar handen zijn bezig rodekool te snijden. Ze vallen stil als ik een vraag stel.

'Die soldaten die hier verdronken zijn,' zeg ik, 'waarom zijn die hier begraven?'

Mam kijkt me niet aan.

'Waarom wil je dat weten?' vraagt ze. 'Heeft iemand met je gepraat?'

'Josja had het erover.'

Ze schuift met het mes de gesneden kool naar de rand van het plankje.

'Als er geen familie meer was, dan bleven ze soms hier,' zegt ze. 'Maar jullie moeten daar niet over praten. Het is al zo lang geleden.'

Op tafel ligt nog een halve rodekool. De ribbels in de kool doen me denken aan de tekening die Josja van de hersendrukte maakte. Mam legt de rodekool op het plankje. Als ik haar arm aanraak, trekt ze die weg.

'Pas op,' zegt ze. 'Ik ben met een mes bezig.'

8 Een taaldoosje in de knel

28 september 1956
Israëlische troepen bestormen Jordaanse stellingen. In La Rochelle
(Fr.) vindt een dienstbode een giftige adder in haar keukengootsteen.

Homme Prins, 28 SEPTEMBER 1956

Na een paar dagen verbaasden we ons niet meer. Het werd een
vast beeld dat bij de les hoorde: op de achterste bank zat
iemand te lezen in vreemde boeken. Het boek over hersendoosjes dus, maar ook *Geheimenissen van het Dierenrijk* of *De
ziekten van den Mensch,* al net zo'n raar oud boek. Alleen de
namen van de ziekten al: framboostong, Egyptische oogont-
steking. Alsof er vroeger andere ziektes waren dan nu. En dan
die platen in het boek! Armen en benen met verschrikkelijke
zweren, voeten met zes tenen, kromgegroeide voeten. Het
leek me een boek voor dokters, die van alle ellende op de
wereld moesten weten.

Gek was ook dat Josja in het fietsenhok andere boeken las.
Vooral boeken met veel plaatjes en daar waren de meeste jongens toch meer in geïnteresseerd dan in de doktersboeken. Ze
vroegen Josja of ze er een mochten lenen. Josja dacht daar
even over na en toen zette hij een uitleenbibliotheek op. Dat
wil zeggen: hij bedacht het en Jakko Kalkhuis moest het uit-
voeren. Jakko noteerde in een schrift je naam, je betaalde een
dubbeltje en dan kon je zo'n boekje drie dagen houden. Josja
verdiende zo een hoop geld zonder dat hij er iets voor hoefde
te doen. En Jakko was ook nog eens blij:

'Pruis krijgt de helft van de winst,' zei hij trots, 'en ik mag
de andere helft houden.'

De meeste leraren leken te begrijpen dat er voor Josja bijzondere regels golden. Waarom zouden ze zich er ook druk om maken dat hij zijn eigen gang ging? Als ze hem een enkele keer een vraag stelden, kregen ze immers prompt een goed antwoord. En dat zonder dat Josja opkeek uit zijn boek.

'Vertel eens, Pruis, wanneer was de Tachtigjarige Oorlog?'

'Vijftienachtenzestig tot zestienachtenveertig, meneer.'

'Wat, Josja, zijn de vormen van het werkwoord "weten"?'

'Het is "to know, knew, known", juf.'

Hij kon blijkbaar verdiept zijn in de geheimen van het menselijk lichaam en toch alles horen wat de leraar vertelde. Het kon niet anders of zijn broer hielp hem. Die twee hadden de taken natuurlijk verdeeld: Kai luisterde als Josja las!

Oostzaan was de enige die het bijzondere van Josja niet accepteerde. Sinds hun eerste ruzie deed Josja bij hem zijn rode muts altijd af, maar de kleine pestkop wilde meer. Het begon opnieuw met het boek over hersendoosjes. Oostzaan liep die dag eerst een tijdje te gluren naar Josja. Toen hij moed verzameld had, slenterde hij zogenaamd toevallig voorbij. Hij deed alsof hij verrast was en piepte:

'Wat zie ik hier? Lezen we boekjes tijdens de les? Dit moet ik in beslag nemen, Pruis.'

Wij zaten direct omgekeerd op onze stoelen. Josja sputterde tegen.

'Het is een Frans boek, meneer.'

'Mallepraat, maak me niet wijs dat jij een Frans boek kunt lezen, jongen!'

Oostzaan griste het boek weg en wierp een snelle blik op het omslag. Zijn ogen werden groot en zijn mond zakte open. Het snorretje bibberde op zijn bovenlip.

'W-wat is dit v-voor geks?' stotterde hij.

Hij tuitte zijn lippen: zijn hoofd was spitser dan ooit. Zijn tong schoot met een snelle uithaal langs zijn lip. Hij keek schuw naar Josja.

'Het is een boek over de mens, meneer.'

'Het is geen leerboek Frans, Pruis. Ik neem het dus in beslag.'

We keken ademloos toe. Josja's wenkbrauwen schoten omhoog. Achter het brillenglas leken zijn ogen nog groter dan anders. Het wit schitterde, het blauw veranderde in groen en in zijn rechterwang trilde een spiertje. Oostzaan struikelde terug naar zijn bureau en dicteerde een Franse zin. In zijn lange hals wipte de adamsappel als een liftje omhoog. Niemand van ons schreef iets op. Bertus Belstra liet zijn boek met een klap op de grond vallen. Oostzaan kromp in elkaar en piepte een nieuwe Franse zin. We hoorden Josja hoesten. De ribbel trok een wit spoor over zijn voorhoofd. Ineens knetterde er indianentaal van achter uit het lokaal. We begrepen er geen woord van, maar het klonk als een vervloeking.

'Dadiet zadiet adiek jadie badietadield, jadie radietzadiek!'

Josja's hoofd schokte erbij en zijn schoen bonkte tegen de tafelpoot. Een zwaar geluid, alsof het de hartslag van een verschrikkelijk dier was. Hij maakte een gebaar alsof hij iemand wegdrukte. We hielden onze adem in: niet eerder hadden we Josja kwaad gezien. Ada Breugel ging staan. Begreep zij toen al de indianentaal van Josja en wist ze wat hij geroepen had?

'Tradiep hadiem!' riep Josja.

Het was niet meer de Ada zoals wij haar kenden. Ze schoot naar voren en schopte Oostzaan tegen de schenen. Oostzaan zal het nauwelijks gevoeld hebben, maar Ada werd er natuurlijk wel uitgestuurd. De rest van het uur trilden en bibberden er aan alle kanten spiertjes in Oostzaans gezicht. We sukkelden die middag de lessen door.

*

Later die dag zag ik Josja bij de haven. Hij zat weer op het grasveld bij het anker. Ik liep naar hem toe en vertelde hem dat een vissersboot het uit zee had gehaald. Het moest een anker van een walvisvaarder zijn. Hij knikte en zei niks terug. Aan de oostkant was de haven drooggevallen. Een roestig vat stak uit de modder. Meeuwen ruzieden met klapperende vleugels om een achtergebleven visje. Bij de visfabriek hingen de jongens van de J.P. Coenschool rond. Ze riepen dat Josja een schele krompoot was. Ik deed of ik het niet hoorde.

'Oostzaan geeft het boek wel terug,' zei ik. 'Je moet het morgen gewoon vragen.'

Josja wuifde met zijn hand.

'Wie zijn die jongens?' vroeg hij. 'Ze kennen me niet eens.'

'Ze zijn van de andere school,' zei ik. 'Wij van de Wilhelminaschool hebben oorlog met die kabeljauwvreters.'

'Kabeljauwvreters?'

'Als we ze uitschelden, dan zijn het kabeljauwvreters.'

'Ze moeten uitkijken dat Kai het niet hoort!'

'Hij heeft het toch gehoord?' zei ik verbaasd. 'Als jij het hoort, hoort Kai het toch ook?'

Josja gaf er geen antwoord op. Hij wilde weer naar het Vogelland. Ik vertelde hem dat het daar te laat voor was. Bovendien lag onze roeiboot in het slik. De kabeljauwvreters verdwenen achter de visfabriek. Wij liepen verder en gingen bij het kerkhof op het muurtje zitten.

'Kan ik ook met je broer praten?' vroeg ik.

'Je kunt niet horen dat hij het is,' zei Josja. 'We hebben maar één stem.'

'Weet jij dan wel of je zelf iets zegt of dat hij het is?'

'Natuurlijk wel. Ik merk toch dat ik hoor wat ik denk. Soms hoor ik iets waar ik niks van weet. Dan is Kai aan het woord.'

Hij keek mij ernstig aan.

'Als hij niks zegt, weet ik ook wat hij wil, hoor. Zijn gedachten glippen langs een poortje naar mijn kant.'

'Hou je dan eens stil, Josja. Ik wil je broer iets vragen.'

Ik gleed van het muurtje af en ging voor Josja staan. Ik keek hem recht in de ogen. Er gleed een bibber over mijn rug, maar ik bleef hem aankijken.

'Hé, Kai,' zei ik. 'Ben je niet kwaad op Oostzaan?'

Even rimpelde er een frons over Josja's voorhoofd.

'We verklaren die viespeuk de oorlog,' zei hij en hij trapte met de hak van zijn schoen tegen de muur. De stem leek me anders, donkerder en harder. Hield Josja me nou voor de gek of was het echt Kai?

'Je hebt geluk dat hij zich liet horen,' zei Josja. 'Kai praat niet zoveel, hoor. Ik ben de taalmaker. Het taaldoosje zit links, aan mijn kant, weet je.'

Hij voelde op zijn hoofd. Ik zat erover na te denken. Er klopte iets niet in zijn antwoord. Het duurde even voor ik doorhad wat er mis was.

'Ieder heeft toch zijn eigen hersens, Josja? Dat zei je toch?'

'Ja, dat is zo.'

'Dan hebben jullie elk een linkerkant en heeft je broer ook een taaldoos.'

'Maar die van hem is in elkaar gedrukt.'

Hij legde uit dat de linkerhersenhelft van zijn broer midden in het hoofd zat. Net zoals zijn eigen rechterhelft ook in

het midden zat. En alleen de buitenkant had zich goed ont-
wikkeld. Want het dubbele handeltje van twee mensen moest
wel in één hoofd. Dus had Kai een taaldoosje dat weggedrukt
en nauwelijks gegroeid was.

'Maar dan zijn er ook dingen die jij niet hebt.'

'Alles wat normaal rechts zit. Dat is minder bij mij.'

'Wat zit rechts?'

'Niet veel soeps. Bewegingslust bijvoorbeeld. Voetballen en
dat soort dingen. Meisjes leuk vinden is ook een rechts hersendoosje.'

Toen zeiden we een poosje niks meer. We tuurden over het
kerkhof: een landschap van steen en grind. Hier en daar de
kleur van bloemen. Ik hoorde Josja naast me ademen. Zo zou
het met een broer geweest zijn, dacht ik. Ik verlangde ineens
naar een broer. Iemand die zo dicht bij je is dat hij een beetje
jou is. Tobi, mijn dode tweelingbroertje: als hij groot geworden was, had hij nu net als Josja naast me kunnen zitten. Wij
zouden samen naar het Vogelland roeien, niemand anders
erbij. Voor ons het blauw van de zee dat overliep in de lucht.
Tobi en ik: we hoefden elkaar niks te zeggen, als tweelingen
wisten we wat de ander wilde.

Was het toen de eerste keer dat ik dacht dat Josja geen
vreemde was? Dat hij eigenlijk de plaats had ingenomen van
mijn broertje Tobi? Ik vertelde mijn moeder die avond van
Josja. Ik zei haar ook dat het leek alsof Josja een broer was. Ik
vroeg naar Tobi, maar toen begon ze te huilen en ik durfde
niet verder te vragen.

9 Torren in de regenbak

Homme Prins en Ada Breugel, 16 NOVEMBER 1956

'Hoe zit het met jouw hersendoosje voor meisjes?' zegt Ada.
'Bij Josja was het klein, maar bij jou is het heel gewoon, hè?'
    'Ik vind jou echt wel leuk, hoor.'
    Ik hoor het mezelf zeggen en schrik me een ongeluk. Ada
lacht. Haar ogen schitteren. Die prachtige kleur! Hemels-
blauw? Zeeblauw?
    'Was je verliefd op Josja?' vraag ik.
    'Verliefd?'
    'Je zat toch altijd bij hem in het fietsenhok?'
    Ada kijkt me aan.
    'Daar had het niks mee te maken.'
    'Jullie giechelden als jullie hem zagen.'
    'Dat was Kokkie. Zij vroeg Josja naar hersendoosjes voor
verliefdheid.'
    Ada probeert het uit te leggen. Josja was zo bijzonder, zo
vol onbegrijpelijke geheimen dat je vanzelf naar hem toe
getrokken werd. Bij hem was je eigenlijk jezelf niet meer.
    'Het is griezelig,' zegt Ada. 'Ik deed dingen die ik anders
nooit gedurfd had. Oostzaan zomaar schoppen, dat durft
toch niemand!'
    Ada hield net als ik van Josja. Maar het was niet het houden
van waar dat zoenen van Kokkie bij hoorde. Misschien had ik
het altijd al geweten. Daarom was ik misschien ook niet
jaloers meer.
    Ik blader in het Rode Marmerboek.
    'Kijk,' zeg ik, 'hier staat een stukje over Josja en Kai.'

Bladzijde 14 van het Rode Marmerboek

Ze hebben mij gewoon de naam Josja gegeven. Ze hadden niet door dat Kai er ook was. Ik de eerste jaren natuurlijk ook niet. Hoe kon iemand weten dat die ribbel in het hoofd een schotje was tussen Kai en mij? Het kon niemand ook iets schelen. Volgens Vet Varken heeft mam ons weggegeven bij de geboorte. 51

'Toen was je vader al dood. Je moeder kon het niet alleen aan,' beweert Vet Varken. 'Er was geen eten en overal vielen de bommen, moet je rekenen. En jij was ook nog eens een raar kind.'

'Misschien schrok ze van ons hoofd,' zeg ik. 'Net zoals de zusters.'

Vet Varken grijnst en knijpt in een vetlaag onder zijn kin. Er zit een stukje spinazie in zijn mondhoek.

'Wij zijn eraan gewend,' zegt hij. 'En je hebt hier nou een heleboel moeders, moet je rekenen.'

'De zusters vinden mijn hoofd griezelig,' fluister ik. 'Behalve zuster Agnes, zij niet.'

'Ik vind je toch ook een lief kereltje?' zegt hij. 'Ik ben nou een beetje je vader, hè. Maar ik zou wel eens willen weten hoe het er in jouw hoofd uitziet.'

Iets anders, denk ik, ik moet iets anders zeggen voor hij me naar zich toe trekt. Dan moet ik op zijn knie zitten. Hij is zo dik dat je nergens een botje voelt. En hij ruikt vies. Of zal ik strak in zijn ogen kijken? Dat heb ik een poosje geleden ontdekt. Als ik geen muts opheb, als ze het litteken over mijn voorhoofd kunnen zien en als ik ze strak aankijk, worden ze zenuwachtig. Dan laten de zusters dingen vallen of ze gaan stotteren.

'Kom maar even op mijn knie,' zegt Vet Varken. 'Je bent zo'n lekker zacht jongetje. Als je lief bent, neem ik weer een dokters-

boek voor je mee. Die lees je toch zo graag! Ik heb ook nog
mooie plaatjes van kleine Siameesjes.'

Ik trek mijn muts naar achteren. Ik kijk Vet Varken strak
aan. Zijn ogen hebben de kleur van het water in de regenbak.
Daar zwemmen torren in. Ik zie dat de kin van Vet Varken
gaat bibberen. Zijn ogen dwalen weg.

52   *'Nou ja,' zegt hij. 'Ga ook maar eerst je huiswerk maken.'*

Ada trekt het papier van een nieuw reepje kauwgom.

'Zie je wel, Vet Varken was eigenlijk ook bang voor hem.'

'Net als onze leraren.'

'Dat Witte Huis is een weeshuis, hè?'

'Of een ziekenhuis. Vet Varken is toch een dokter?'

'Een soort dokter.'

'Kinderen die ze in portiekjes vinden, komen ook in het weeshuis.'

'Dat zijn vondelingen. Of is een vondeling ook een wees?'

10 Een keizer in het fietsenhok

2 oktober 1956
De toneelbewerking van het dagboek van Anne Frank wordt in Berlijn
enthousiast ontvangen. De 58-jarige palingkoopman Lou uit Muiden
zegt dat hij Jezus Christus is.

Homme Prins, 2 OKTOBER 1956

Oostzaan leek niet van plan het in beslag genomen boek terug
te geven. Josja had natuurlijk nog wel andere boeken, maar
toch was hij van slag. Hij tuurde veel uit het raam en in de
pauze zat hij niet meer in het fietsenhok. Hij slenterde bonkstap wat rond bij de school. En dat was gevaarlijk: de J.P.
Coenschool was een eind verder in dezelfde straat. Er lagen
altijd kabeljauwvreters op de loer om te kijken of er iemand
van ons alleen was. Op een dinsdag tussen de middag ging het
mis.

Ik hoorde de schelle stemmen van de Coeners boven ons
eigen lawaai uit. Ik rende het plein af en zag Josja lopen, drie
Coeners in zijn spoor. In het midden de Garnaal, die we zo
noemden omdat hij zo krom als een garnaal was. Als hij op ons
schold, trok hij zelfs nog krommer. Het leek alsof hij de woorden uitspuugde en ze zo meer vaart gaf. De Coeners slopen
om Josja heen en probeerden zijn muts af te trekken. Ik
schreeuwde naar Lubbe en de anderen. Een stootgroep van
ons schoot het schoolplein af, zelfs Ada rende mee. We joel-
den en waren teleurgesteld toen de kabeljauwvreters vluchtten en we niet hoefden te vechten.

'Hé, Pruis, waarschuw ons in het vervolg eerst even, man,'
zei ik veel te stoer. 'Die stomme Coeners zijn wel gevaarlijk,
hoor.'

Josja wuifde met zijn hand. Het leek alsof hij het niet zo belangrijk vond. Maar toen zag hij de Garnaal verderop, bij de ingang van de J.P. Coenschool. De Garnaal hing in een boog en leek ons uit te lachen. Dat was te veel voor Josja: zijn gezicht trok strak, het blauw van zijn ogen veranderde van kleur.

'We hakken dat zootje in de pan,' riep hij met donkere stem. 'We veroveren gewoon de J.P. Coenschool.'

Onze school joelde, ook nog toen Josja direct daarna alweer milder was.

'Ach, laat ook maar,' zei hij. 'Ze menen het niet zo erg.'

Hij trok zijn muts over zijn voorhoofd, zette zijn bril recht en liep met ons mee. Maar de Wilhelmina'ers waren al niet meer te houden. Een dag later kroonden we Josja tot keizer van de Wilhelminaschool. Misschien wilden we Josja ook wat troosten omdat hij zijn boek kwijt was. Maar we zeiden dat voor een oorlog met de Coeners een aanvoerder nodig was en dat Josja daar het meest geschikt voor was. Achter het fietsenhok bouwden we met planken van de oude schutting een troon. Bij de groenteboer leenden we kistjes voor arm- en rugleuningen. Bertus Belstra sneed met zijn mes Josja's naam in een paal. En toen werd Josja wijdbeens op de stapel sloophout gezet, de armen op een groentekistje. Hij keek over onze hoofden heen in de verte. Keizers keken het gewone volk nooit aan! Lubbe rende weg en kwam even later terug met de steelpan die Oostzaan gebruikte om de planten water te geven.

'Op zijn kop,' zei Lubbe. 'Zet de keizerskroon op zijn kop.'

'Voorzichtig, man. Pas op zijn bril.'

'Je drukt zijn oren dubbel.'

Het maakte Josja zo te zien allemaal niks uit. Hij zei geen woord; het leek alsof hij ondertussen aan heel andere dingen dacht. De muts schoof naar zijn achterhoofd. De pan zakte tot aan de wenkbrauwen naar beneden en zat als een helm rond zijn schedel. De zwarte steel was een stijve vlecht in zijn nek. Even later bedachten we dat er ook een keizerin bij hoorde. We hadden niet direct een mooie sleepmantel bij de hand, maar Ada Breugel was zonder zo'n mantel ook al een prachtige keizerin. De malle Lubbe wist nog ergens een plant met een rode bloem. Hij drukte de bloem voorzichtig in Ada's haar. Natuurlijk greep hij de kans om even Ada's wang aan te raken. En daarna zwoeren we allemaal plechtig de eed van trouw aan onze keizer. Onze strijdkreet galmde over het plein: 'Wilhelmina Nummer Eén. Dood aan de Coeners!' We dachten dat ze dat op de J.P. Coenschool nog konden horen. Oostzaan hoorde het in ieder geval wel. Hij tikte tegen het raam en schudde afkeurend zijn hoofd. We schreeuwden en wachtten tot Josja Pruis iets zou zeggen. Het duurde even. Hij mompelde eerst wat onverstaanbaars. Alsof hij weer in dat indianentaaltje sprak dat we niet konden verstaan. Bij zijn oog trilde een spiertje.

'Morgen wapeninspectie,' zei hij ten slotte. 'Alles meenemen wat je hebt. We pakken ze, die Coeners.'

*

Om vier uur had hij nog een rode kring van de steelpan op zijn voorhoofd. Hij schudde veel met zijn hoofd en prikte af en toe een vinger in zijn oor. We liepen samen naar huis. Maar hij wilde eerst nog even op het kerkhof kijken. Hij schreef in zijn aantekenboek wat er op de steen van de Duitse soldaten stond en vroeg of ik al wat meer van ze wist. Ik vertelde hem dat mijn moeder er niet over wilde praten. Vrouw Klinkhamer ook niet, dacht hij. Daarna liepen we naar de Mosselstraat. Voor het eerst was ik op het kleine kamertje waar hij sliep. Er kwam alleen licht door een dakraampje niet groter dan een dakpan. Vrouw Klinkhamer bracht ons chocolademelk met koek. We kauwden en slikten.

'Wat vindt je broer ervan,' vroeg ik, 'dat jullie keizer zijn?'

'Hij wil wel graag Napoleon zijn,' zei Josja.

'Jij leest liever in een boek, hè? We vragen Oostzaan of hij het boek teruggeeft.'

'Heb je gezien dat Oostzaan een jaloezieknobbel heeft?'

'Wat is een jaloezieknobbel nou weer?'

'Soms kun je aan de buitenkant zien of een hersendoosje erg vol zit.'

Dan kwam er dus een knobbel op je hoofd. En andersom: als er een leeg hersendoosje in je hoofd zat, zakte het bot daar wat in. Josja haalde een schoenendoos onder uit de kast. Er zat een schedel in. Ik mocht hem zien, maar het moest wel geheim blijven voor vrouw Klinkhamer. Eerst dacht ik nog dat het een nagemaakte schedel was, zo eentje als er ook in de vitrine in het biologielokaal lag. Maar toen ik hem goed bekeek, zag ik dat hij echt was. De onderkaak was verdwenen, de meeste tanden en kiezen uit de bovenkaak ook. Rechts bij de slaap zat een brokkelig gat, alsof er iemand met een hamertje op geslagen had.

'Tjee, Josja, hoe kom je eraan, man?'

Hij wuifde met zijn hand, gaf geen antwoord op de vraag. Ik mocht de schedel even vasthouden. Ik bekeek de ribbeltjes waar de botten aan elkaar gegroeid waren. De kleine gaatjes in de ooghoeken waar zenuwen of spiertjes door konden lopen. Josja had met een zwart potlood vakjes op de schedel gemaakt. Zo ongeveer als een wereldbol waar de landen op getekend zijn. In elk vakje stond welk hersendoosje daar zat.

'Weet je wie het geweest is?'

Josja nam de schedel van me over en liet zijn hand erover glijden.

'Hier rechts zit een vechtknobbel,' zei hij. 'Het is een vechter geweest, denk ik. Misschien een soldaat.'

Ik voelde de knobbel op de schedel.

'Dus je kunt aan de buitenkant voelen wat je kunt?'

'Alles waar je heel goed in bent, voel je op je hoofd.'

Ik voelde op mijn eigen hoofd. Het zat daar vol bobbels en deuken. Ik kon er geen wijs uit worden. Ik kon goed rekenen: had ik misschien een sommenknobbel? Josja voelde tussen mijn haar. Het was een raar gevoel. Zijn vingers trippelden over mijn hoofd. Maakten draaiende bewegingen om een knobbel af te tasten. Ik bleef roerloos zitten. Nog nooit had iemand mij zo aangeraakt. Het was alsof er vonkjes van zijn vingers sprongen. Elektrische schokjes die door mijn lichaam bibberden. Zijn vingers stopten aan de linkerkant in de buurt van de slaap. Hij streek met zijn andere hand het haar opzij en keek.

'Hier zit een behoorlijke knobbel, Homme.'

'Een sommenknobbel?'

Zijn hoofd was dichtbij. Ik zag de ribbel op zijn voorhoofd onder het rood van zijn muts verdwijnen. In het rechter brillenglas zat een barstje. Zijn ogen achter het glas waren lichtblauw met een donker randje.

'Kun je misschien wekkers repareren? Je bent handig in knutselen, hè?'

Hij wees op de schedel het vakje aan. Hij had er het woord 'techniek' in geschreven. We bekeken de vakjes van de schedel, vergeleken ze met ons eigen hoofd. Tot we vrouw Klinkhamer naar boven hoorden komen. Josja stopte de schedel gauw in de doos en schoof hem onder het bed.

'Ze weet het niet, ook niet van Kai,' zei hij. 'Als ze wist dat we met zijn tweeën zijn, zou ze meer kostgeld willen.'

Vanaf die dag wist ik heel zeker dat we vrienden waren. Iedereen moest toch ook wel gemerkt hebben dat ik meer bij Josja was dan bij Lubbe. We hadden elkaar niet eens gevraagd of we vrienden zouden zijn. Het sprak gewoon vanzelf. Samen iets doen leek niet zo belangrijk. Het ging vooral om het praten. Die vreemde gesprekken over hersendoosjes, over een broer in je hoofd. Met Josja zou ik me nooit vervelen. Ik kende hem in korte tijd ook al zo goed. In zijn hals zat een moedervlek. Bij zijn neusvleugel schemerde het rood van een piepklein adertje door de huid. Als je zulke dingen van iemand wist, dan was hij je vriend. Of nog dichterbij: je broer. Ik wilde dat we altijd bij elkaar zouden blijven. En dat was ook vast en zeker gebeurd als Oostzaan er niet geweest was. Dat kleine vieze mannetje bleef Josja maar lastigvallen. Geen wonder dat Josja woedend op hem werd.

11 De kus van zuster Agnes

Homme Prins en Ada Breugel, 17 NOVEMBER 1956

'Hier heb je de tekening met die knobbels,' zegt Ada.

We bekijken de bladzijde in het Rode Marmerboek. Ada voelt op haar hoofd en tuurt naar de nummers op de tekening.

'Klopt wel,' zegt ze. 'Hier zit mijn muziekknobbel.'

Ze drukt ergens opzij in het blonde haar en kijkt me aan. Mijn oren gaan gloeien. Nou moet je vragen of je ook even op haar hoofd mag voelen, denk ik. Of helemaal niet vragen en het gewoon doen. Achteloos, alsof het heel normaal is. Mijn mond vlak bij haar oor. Het puddinggeurtje in mijn neus. Maar ik durf het niet te zeggen en niet te doen. En dan is het moment alweer voorbij.

'Heeft Josja ook verteld welke knobbels hij zelf had?' vraagt Ada.

'Een grote taalknobbel, natuurlijk.'

We zoeken op de tekening de plek van de taalknobbel. Ik voel daar bij mezelf ook een bult.

'Josja heeft het overgetekend uit een boek, hè?'

'Die kreeg hij van Vet Varken. Dat staat ook ergens in het Marmerboek.'

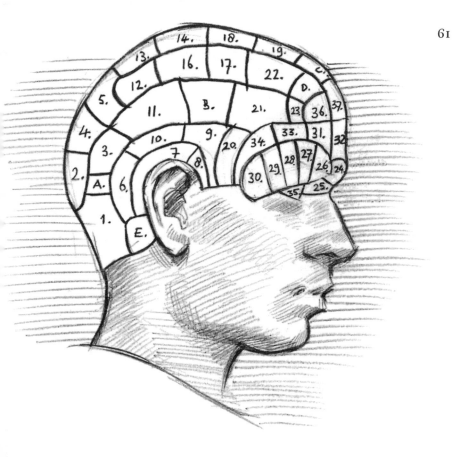

Elke eigenschap heeft haar plaats. Het centrum voor seksuali-
teit zit bijvoorbeeld bij 1, dat van vriendschap bij 3.
Bij nummer 30 zou de rekenknobbel zitten, bij 34 die van
muziek. Strijdlust en vernielzucht vind je bij 6 en 7.

'Kom,' zegt zuster Agnes, 'je moet zo meteen weg.'

De auto staat voor het Witte Huis. Zuster Agnes heeft mijn koffer gepakt. Ik zie dat het kruisbeeld niet meer op haar borst hangt. Ze kust me op het voorhoofd. Dat heeft ze nog nooit gedaan.

'Het komt wel goed met jou,' zegt ze. 'Ze brengen je naar een pleeggezin. Ik zal elke dag in de kapel voor je bidden.'

In een pleeggezin word je verpleegd, denk ik. Ik moet daar de hele dag in bed liggen.

Zuster Agnes zet de koffer in de hal.

'Ik geef je nog iets mee,' zegt ze. 'Je kunt erin schrijven als je alleen bent. Er zitten ook zo veel gedachten in je hoofd, hè?'

Ze haalt een boek uit haar kleed. Het is een aantekenboek. Rood en gemarmerd als het altaar in de kapel. Het is een prachtig cadeau. Zuster Agnes kijkt me aan en glimlacht. De kap van haar nonnenkleed maakt een lijstje om haar gezicht.

'En dan heb ik nog iets voor je,' zegt ze.

Het is een doosje waar een kleine slinger uit steekt. Met de punten van duim en wijsvinger draait zuster Agnes de slinger rond. Ik hoor een zacht muziekje. Het is de eerste regel van het lied dat we in de kapel altijd zingen: 'Blijf bij mij, Heer, want d'avond is nabij.'

Ik stop de cadeaus gauw in mijn zak als ik zie dat Vet Varken de trap af komt. Zijn hoofd schommelt op al zijn kinnen. Hij legt een hand op mijn schouder. Een zwaar gewicht van slap vlees. Ik durf niet naar zijn gezicht te kijken.

'Ik ben niet kwaad op je,' fluistert hij. 'Om wat je gedaan hebt. Misschien was het ook goed voor mij.'

Hij knijpt in mijn arm. En dan glijdt zijn hand toevallig over mijn rug. Mijn ogen springen omhoog naar zijn gezicht, maar ik kijk meteen weer weg. Hij drukt me een tasje in de hand.

'Boeken die je mooi vindt,' zegt hij. 'Je hoeft ze pas terug te brengen als je groot bent.'

12 Een spitsmuis nat van zijn eigen pis

4 oktober 1956
In Lhasa, de hoofdstad van Tibet, krijgen ze voor het eerst elektriciteit. Boze Parijzenaars werpen koud water en vuilnis op rock-'n-rollers die op straat dansen.

Homme Prins, 4 OKTOBER 1956

Josja was onze keizer, maar het leek alsof hij dat algauw weer vergeten was. Dat plan van de oorlog tegen de Coenschool bijvoorbeeld: interesseerde het hem wel echt? Vond hij het zelf spannend of wilde hij ons niet teleurstellen en riep hij daarom af en toe bloeddorstig: 'Wilhelmina Nummer Eén! Dood aan de Coeners'?

Hij inspecteerde onze wapens; katapulten, blaaspijpen, knotsen en kettingen brachten we hem. Bertus Belstra liet zien hoe scherp zijn mes was. Maar Josja keek over onze hoofden heen, werd alleen even wakker toen Ada Breugel vertelde van het vrouwenleger. Onze keizerin had alle meisjes het nagelbijten verboden: in een goed meisjesleger moest je nagels als dolken hebben. Lubbe kwam nog de aanvalstactiek bespreken. Maar Josja vond dat hij te vroeg was: een keizer moest daar eerst zelf over nadenken. Hoe had Maurits in de Tachtigjarige Oorlog bijvoorbeeld Breda veroverd? Hoe hadden de kozakken in Rusland Napoleon een loer gedraaid? Adjudant Lubbe begreep dat onze keizer nog wat boeken moest lezen. Lubbe hield niet van boeken: hij ging liever met het Wilhelminaleger alvast wat oefenen op het strandje achter de havenpier. Als ze dan toch moesten wachten, kon hij ze daar de fijne kneepjes van het vechten met een stok nog leren: niet op het hoofd slaan, wel op een arm of tegen de knie. En als je de stok tussen iemands benen stak, kon je hem er ook nog mee laten struikelen.

De oorlog met de J.P. Coenschool werd zo nog even uitgesteld. We hadden er ook nauwelijks tijd voor, want in de klas brak een heel andere oorlog los. Diezelfde middag vroeg Josja het in beslag genomen boek namelijk terug. Toen we binnenkwamen bleef hij bij Oostzaan staan. Hij vroeg het netjes, helemaal niet brutaal of zo.

'Mijn boek, meneer. Mag ik mijn boek nu terug?'

We hadden kunnen weten dat Oostzaan Josja nooit een gunst zou verlenen. Misschien waren het krachten die Oostzaan zelf niet in de hand had. Als Josja 'ja' zei, moest het bij Oostzaan 'nee' zijn. Even stonden die twee elkaar aan te kijken, doodstil, tot Oostzaan zijn ogen neersloeg en met trillende handen zijn tas pakte. Hij likte zijn lippen en diepte Josja's boek over frenologie op.

'Je bedoelt dit boek, Pruis?'

'Ja, meneer.'

'Een afschuwelijk boek, Pruis! Een zieke geest die dit schreef.'

'Ik zal er tijdens de les niet meer in lezen, meneer.'

'Je mag er nooit meer in lezen, Pruis.'

'Het boek is niet van mij, meneer. Ik moet het teruggeven.'

'Daar hebben we hier niks mee te maken, jongen.'

Oostzaans stem was hoog en schril. Hij plukte zenuwachtig aan zijn snorretje en haalde met korte rukjes adem. Hij pakte het boek in twee handen en scheurde het bij de rug doormidden. Er ging een schreeuw van schrik door de klas. Oostzaan giechelde zenuwachtig en probeerde de helften nog een keer overdwars te scheuren. Maar dat lukte hem niet en daarom drukte hij de kaften dubbel. Zijn ogen schitterden koortsachtig. Zijn hoofd zakte tussen de schouders, alsof hij verwachtte dat hij geslagen werd. Hij sprong naar de prullenbak en gooide het boek erin.

Josja liep recht op Oostzaan af. De ribbel op zijn voorhoofd had de blauwwitte kleur van melk. Bij zijn slaap klopte een ader. Wij hielden onze adem in. We wisten allemaal dat Oostzaan te ver was gegaan. Josja zou hem naar de keel vliegen. Oostzaan verwachtte denk ik ook niks anders. Hij stond trillend bij zijn bureau, gebogen, met heen en weer springende ogen. De bonk van Josja's zware schoen. Het piepen van Oostzaans ademhaling. Ada gilde één keer, hoog en luid. Josja's hand ging omhoog, maar ineens keerde hij zich om. Hij helde voorover, alsof hij aan een touw werd weggetrokken. De klap van de deur, de verschrikkelijke schreeuw op de gang! Het geluid sneed als een mes door onze hoofden. Oostzaan haalde diep adem en viste het lesboek uit zijn tas. Er zaten rode vlekken op zijn wangen en op zijn voorhoofd glinsterde zweet.

'Boek open op bladzijde zestien,' zei hij hees.

We keken vol afschuw naar het onderkruipsel dat ons Frans moest leren. Zijn stem piepte door de stilte: een roestig wiel in een oude kruiwagen. En niemand van ons deed zijn boek open. Zelfs Boele Stam, die nooit iets durfde, bleef met een vuurrode kop naar het dichtgeslagen boek staren. Een paar van ons draaiden hun rug naar Oostzaan toe. We hoorden zijn schurende ademhaling. Ada barstte los in een huilbui en sloeg met haar vuist op de tafel. Kokkie schoot toe en Lubbe Luiten legde een hand op Ada's schouder.

We zaten de rest van de les zwijgend bij elkaar. We keken Oostzaan niet aan, we sloegen geen bladzijden om en schreven niks op. We deden of hij niet bestond en het kon ons niks schelen als daarvoor een straf bestond. Maar we kregen geen straf: nog voor de bel ging, sloop Oostzaan de klas uit.

In de middagpauze hadden we spoedoverleg in het fietsenhok. Josja was nergens te bekennen. Eerst schreeuwden we door elkaar.

'Oostzaan is echt gek geworden,' riep er een.

'Hij maakt Josja ook gek,' zei een ander.

'We moeten onze wapens ook in de klas gebruiken,' vond Lubbe.

En Bertus Belstra gromde:

'Mensen, ik heb een mes. Jullie zeggen het maar.'

Maar na een halfuur hadden we toch afspraken gemaakt. Lubbe en Ada zouden naar de directeur gaan om een klacht in te dienen. Jakko Kalkhuis zou het kapotgescheurde boek uit de prullenbak redden. Bertus zou voor alle zekerheid zijn mes nog eens slijpen. En ik ging natuurlijk op zoek naar Josja. Iedereen wist nu al dat Josja en ik vrienden waren.

Hij zat niet bij het anker, ook niet op het havenhoofd of bij onze roeiboot. Ik had het kunnen weten: ik vond hem bij de zeedijk op het muurtje van het kerkhof. Zijn muts zat ver over zijn voorhoofd. Ik ging zonder iets te zeggen naast hem zitten. Hij keek me aan en knikte afwezig. Ik probeerde van zijn gezicht te lezen hoe het met hem was. Was hij kwaad, was hij alleen maar verdrietig en stil?

'We gaan een klacht indienen,' zei ik. 'Ada en Lubbe zijn al naar de directeur.'

Hij nam zijn bril even af en kneep in de dikke laag leukoplast op de steel. Ik probeerde het nog eens:

'Je moet je er niks van aantrekken. Hij is dom, die Oostzaan.
Je hebt toch ook gezien dat hij naar de meisjes gluurt.'
Misschien wilde hij liever over iets anders praten. Ik wees
naar de witte grafstenen een eind verderop.
'Zullen we bij de Duitse soldaten kijken?'
Toen praatte hij mee.
'Weet je nou al waarom ze niet in Duitsland begraven zijn?'
'Ik durf het niet te vragen,' zei ik. 'Mijn moeder gaat huilen
als ik over het kerkhof praat.'
Josja haalde het aantekenboekje uit zijn borstzak en bla-
derde erin tot hij een bladzijde met tekeningen vond.
'Een spitsmuis,' zei hij. 'Een vieze spitsmuis, nat van zijn
eigen pis.'
Hij liet mij de bladzijde zien. Hij had eerst een dier gete-
kend en eronder het hoofd van een mens. En die leek dan op
het dier. Ik herkende het spitse gezicht van Oostzaan met alle
kenmerken van de muis die erboven stond.
'Alle mensen lijken op dieren,' zei hij. 'Als je goed kijkt, zie
je dat iemand een vos is, een kameel of een schaap.'
Ik moest lachen toen ik zag hoe hij Lubbe had getekend.
Lubbe had de dikke nek en goeiige ogen van een koe, maar ook
zijn eigen kale oren en gele stekelhaar. Josja haalde een pot-
loodje uit zijn zak en tekende nog een muizenkop achter
Oostzaan.
'Als het voorhoofd naar achteren gaat, moet je oppassen.
Dan heb je veel lege hersendoosjes.'
Hij schudde met zijn hoofd en drukte een vinger in zijn oor.
Dat zag ik hem de laatste tijd vaker doen. Alsof er bij het
zwemmen een scheut water in gekomen was.
'En ik dan, welk dier, ben ik, Josja?'
Ik zei het vrolijker dan ik was. Hij begon te krabbelen in zijn

notitieboek. Hij tekende eerst een paard, de manen golvend langs de hals. Daaronder zag ik mijn eigen gezicht tevoorschijn komen en ik leek op het paard. Ik snapte niet hoe hij het deed. Was een paard ook wel een mooi dier om op te lijken? Maar Josja tekende het hoofd zo scherp dat ik de tekening in ieder geval mooi vond.

'Lijk je zelf ook op een dier, Josja?'

Om zijn mond speelde een glimlach, maar hij gaf geen antwoord. Hij sloeg het blad terug en kwam weer bij Oostzaan. Stom, dacht ik nog, hij was Oostzaan juist wat vergeten. Josja tekende een pluizig oor aan de spitsmuis. En ineens begon zijn hand te trillen. Hij keek me verschrikt aan. Ik zag dat zijn gezicht veranderd was, zijn ogen waren donker. Zo had ik eerder een woedeaanval bij hem zien opkomen.

Zijn schoen bonkte tegen het muurtje. Hij kreunde en blies spuugbelletjes bij zijn mondhoek. Het potlood gleed uit zijn hand. Hij griste het terug. Zijn vuist ging omhoog en flitste naar beneden. Het potlood sloeg als een dolk door de Oostzaanmuis. Direct daarna liet hij het vallen. Hij sprong van het muurtje af en keek me aan. Zijn vlakke hand kletste tegen de zijkant van zijn hoofd. Zijn muts gleed opzij. Bij zijn mondhoek trilde nog een spiertje.

'Maak je niet kwaad, man,' zei ik. 'We krijgen hem wel, die Oostzaan.'

We stonden even ongemakkelijk tegenover elkaar. Het leek alsof we ons allebei schaamden voor wat hij gedaan had. Voorzichtig probeerde hij de bladzijde in het aantekenboek glad te strijken. Ik begon te praten over Ada, over Lubbe. Maar ik merkte dat Josja er nauwelijks naar luisterde. Bleef hij aan Oostzaan denken? Bedacht hij hoe hij de grijze muis met een verschrikkelijke wraak kon terugpakken? Hij schoof het aantekenboek in het borstzakje van zijn legerjack en zocht zijn potloodje weer op.

'Waarom staat er geen ankertje op de steen van de soldaten?' vroeg hij. 'Het waren toch matrozen?'

Vanaf de plek waar we stonden kon ik de letters zien. 'Heinzi Poltzer,' las ik hardop. We liepen er samen heen.

13 De monnik en de soldaat

72

'Ik vind paarden wel lief,' zegt Ada. 'Ze hebben een heel zachte neus. Jij lijkt echt op zo'n paardje, hoor!'
  Haar ogen glinsteren ondeugend. Blauw, blauw, hoe heet dat blauw? Mijn oren gaan gloeien. Ineens durf ik een grapje te maken.
  'Voel maar eens of ik een zachte neus heb,' zeg ik.
  Ada kijkt me verbaasd aan. Ik begin te lachen en dan Ada ook. Goed van ons, denk ik, dat we nog lekker kunnen lachen. Josja heb ik nooit zien lachen. Was zijn leven daarvoor te verdrietig? Had Kai hem niet eens aan het lachen kunnen brengen?
  'Josja was net zo veel Kai als Josja,' zeg ik. 'En toch hoorde je Kai nooit.'
  'Van Kai hadden we nooit geweten als Josja het ons niet verteld had.'
  'Geloof je het wel, van die Siamese tweeling?'
  'Jij hebt toch een keer met Kai gepraat?'
  'Ik weet niet zeker of het Kai was.'

Bladzijde 24 van het Rode Marmerboek

Vet Varken wilde altijd praten over Kai. Hij ging er een boek over schrijven, beweerde hij. Sommige gesprekken kan ik me nog heel goed herinneren:

74

'Hoe zit dat,' zegt Vet Varken, 'hoor jij een stem in je hoofd?'
'Kai zegt bijna niks,' zeg ik. 'Maar ik hoor wel wat hij denkt.'
'Denken is een stem in je hoofd horen.'
'Er zit een poortje tussen zijn hersens en die van mij. De gedachten komen van zijn helft naar die van mij door een sluisje.'
Vet Varkens mond zakt open. Zijn kaak glijdt weg in zijn bibberkin. Een halve minuut lang kijkt hij me aan zonder iets te zeggen.
'Dus je hoort hem denken,' zegt hij dan. 'Maar hoe weet je dat hij het is en niet jijzelf?'
'Wat hij denkt, denk ik nooit,' zeg ik. 'Als ik iets denk wat ik nooit denk, dan denk ik: Dat kan ik niet denken, dat denkt Kai.'
Vet Varken wist zich het zweet van het voorhoofd.
'Allemachtig,' zegt hij. 'Het duizelt in mijn hoofd. Wat moet ik met jou? Het is dat je zo'n lekkere rare kop hebt.'
Je bent een viespeuk, denk ik. Je wilt me weer voelen. En als ik zeg dat ik niet wil, laat je me opsluiten. Onder in de kelder en je laat met opzet het licht uit.
'Schrijf eens zo'n gesprek op,' zegt Vet Varken. 'Zo wat jullie over en weer denken.'

Je zou er een toneelstukje van kunnen maken:

Josja: *'Je hebt hoofdpijn, hè?'*
   Kai: *'Alsof mijn kop gaat knappen.'*
Josja: *'Mijn kant blijft heel, hoor!'*
   Kai: *'Voel jij dan niks?'*
Josja: *'Niks.'*   75
   Kai: *'Als tweeling voel je toch wat de ander voelt?'*
Josja: *'Zijn we wel een tweeling?'*
   Kai: *'We zijn tegelijk geboren. We hadden dezelfde moeder.'*
Josja: *'Maar eerst waren we twee verschillende mensen. Jij was soldaat, ik monnik. Dat zei je toch, hè, dat ik monnik geweest ben?'*
   Kai: *'En die gingen tegelijk dood. Ze kwamen dus ook tegelijk terug en zo werden wij een tweeling.'*
Josja: *'Tweelingen worden nooit meer als tweeling opnieuw geboren, want ze gaan niet tegelijk dood.'*
   Kai: *'Wij wel, Siamese tweelingen gaan wel tegelijk dood.'*
Josja: *'Niet precies tegelijk, Kai. Als ze samen één hart hebben misschien.'*
   Kai: *'Goed, maar nou heb ik koppijn. En jij zit weer te zaniken over tweelingen.'*

Ik zie roze kauwgom tussen Ada's tanden. Haar adem is er zoet van. Ze trommelt met haar vingers op het Rode Marmerboek.

'Over dat opnieuw geboren worden heb je nog niks geschreven,' zegt ze.

'Ik wist er eigenlijk niet zoveel van,' zeg ik. 'Het is toch raar dat je vroeger iemand anders was.'

'Kan best dat je een dier geweest bent. Jij dus een paard.'

'Jij een marmot.'

'Tekende Josja daarom mensen als dieren?'

'Ik denk omdat je er nu op lijkt.'

Ada duwt met haar tong een lapje kauwgom naar buiten. Een tong met een hoedje op.

14 Bloemenverkoper in Istanbul

12 oktober 1956
Tijdens opgravingen in Pompeï vinden ze het versteende lichaam van
een man die negentien eeuwen geleden door een lavastroom werd
overvallen. Bij de Miss World-verkiezing in Londen valt Agusta
Guomundsdottir, Miss IJsland, flauw.

Homme Prins, 12 EN 13 OKTOBER 1956

De wraak op Oostzaan kwam goed een week later. We hadden
dagenlang geprobeerd om Josja op te beuren. Jakko Kalkhuis
had het Franse boek uit de prullenbak gehaald en het met
plakband gerepareerd. Lubbe bracht veel te vaak verslag uit
over de sterkte van het Wilhelminaleger. Kokkie wervelde
dansjes rond Josja. Ada had ontdekt dat Josja gek was op lekkere geurtjes en de hele klas mocht meeruiken. We zeiden dat
hij altijd onze keizer zou zijn. Dat de Coeners vreselijk jaloers
waren en doodsbenauwd. En om Oostzaan moest hij zich niet
druk maken: Oostzaan was een viespeuk die niet goed bij zijn
hoofd was.

Het hielp soms even, maar iedereen zag dat hij niet meer de
oude was. Hij las niet meer achter in de klas. Hij tuurde uit het
raam of tekende een muizenhoofd in zijn aantekenboek. En
na schooltijd zwierf hij in zijn eentje rond. Hij werd op allerlei
plekken gezien. Op de zeedijk tussen de schapen, op het
uiterste puntje van de Oostpier, turend naar het Vogelland.
Maar het meest op het muurtje bij het kerkhof. Met zijn rug
naar de zee zat hij daar, stil voor zich uit te kijken.

En toen was er die vreselijke vrijdag! Het was het laatste uur
van de middag. Oostzaan had ons aan het werk gezet. Hij kuierde door de klas en wij vertaalden zinnen of deden alsof. Ada
was achter in de klas om iets te lenen. Ze greep elke uitvlucht

aan om even in de buurt van Josja te komen. Oostzaan moet achter Ada hebben staan gluren. Hij stond wel vaker te gluren en het liefst bij Ada, want zij was het mooist. Je zag zijn hoofd dan rood worden en draaien op zijn dunne nek.

Ik merkte pas wat er aan de hand was toen ik Josja hoorde roepen. Iets in zijn indianentaal. Direct daarna begon Ada te gillen. Ze stond rechtop met haar rug bijna tegen Oostzaan aan. Of drukte hij zich tegen haar aan? Het leek alsof hij haar vasthield. Er viel een stoel om. Oostzaan gooide zijn handen in de lucht alsof hij zich overgaf. Ik zag het wit in Josja's ogen flikkeren. Zijn lippen bewogen, de ribbel op zijn voorhoofd was weer verdacht wit. Hij kwam langzaam overeind, tikte met zijn schoen tegen de bank. Hij wachtte nog tot Ada adem moest halen en even stil was, maar toen hoorden we hem heel duidelijk zeggen:

'De leraar Oostzaan is een smerige viespeuk.'

Oostzaan struikelde opzij. Zijn spitsmuizenkop was vuurrood, zijn snor bibberde boven zijn mond.

'Pruis, wat bedoel je?'

'U zit aan Ada, meneer.'

Wie van ons zou het ooit zo hebben durven zeggen? De woorden bonkten als stenen door de klas. Ada begon weer te gillen. Josja duwde Oostzaan opzij en trok Ada mee de klas uit. Oostzaan bleef kromgebogen achter in de klas staan. Wij begonnen door elkaar te roepen. Niemand van ons had eigenlijk precies gezien wat er gebeurd was. Maar we hadden allemaal Josja gehoord en dus wisten we het. En die paar die gekeken hadden en niks gezien hadden, wisten zeker dat ze zich vergist hadden.

Oostzaan hoefde niet op medelijden te rekenen. De directeur werd gewaarschuwd. Iemand beweerde dat Oostzaan Ada had geknepen. Een ander wist dat hij haar rug had gestreeld. En Kokkie Martijn schreeuwde dat Oostzaan aan Ada's billen had gevoeld. Iedereen wist dat Kokkie altijd overdreef, maar toch knikten ze erbij. De directeur nam Oostzaan mee naar zijn kamer en gaf ons vrij. Het nieuws ritselde door alle klassen en er kwamen steeds meer bijzonderheden bij. De vader van Ada kwam op school, de leraren gingen vergaderen.

Ik zocht Josja diezelfde middag op zijn vaste plekken, maar ik kon hem nergens vinden. 's Avonds ging ik naar de Mosselstraat. Hij was thuis, maar vrouw Klinkhamer wilde niet dat ik lang met hem praatte. De deur was halfopen en zij bleef achter Josja staan.

'Josja, heb je echt gezien wat Oostzaan deed?'

'Oostzaan is een geile muis,' zei hij.

Klinkhamer gaf hem een stoot in de rug.

'Dat zijn geen woorden voor een kind,' riep ze schril.

Josja hield zijn hoofd scheef en schudde het zachtjes.

'Ik moet misschien zeggen dat het niet zo erg was,' mompelde hij.

En toen trok vrouw Klinkhamer hem naar binnen en ging de deur dicht.

De volgende morgen kwam Josja niet op school. Oostzaan trouwens ook niet: de les Frans viel uit. 's Middags waren we vrij. Ik vond Josja op het kerkhof. Hij zat tegen een grote marmeren steen dicht bij de muur. Ik ging naast hem zitten. Hij schoof zijn bril hoger en knikte. Ik zag dat hij onrustig was: hij schokte af en toe met zijn schouder en draaide met een vinger in zijn oor. Hij tikte ook steeds met een losse hand tegen zijn hoofd. Alsof hij een lastige vlieg moest wegjagen.

'Ze zeggen dat Oostzaan ontslag krijgt,' zei ik. 'Ada's vader is al naar de politie geweest.'

Josja zuchtte. Hij trok de muts ver over zijn ribbel.

'Niet over Oostzaan praten,' mompelde hij.

We zaten elkaar aan te kijken. Ik werd zenuwachtig van de stilte en zocht naar iets anders om over te praten.

'Je hebt vanmorgen gespijbeld,' zei ik. 'Maar als je broer nou wel naar school wil... Hoe gaat het dan?'

'Eén moet de baas zijn. Anders kom je geen stap verder.'

'Je bedoelt als jij naar rechts wilt en je broer naar links...'

'Dan gaan we naar rechts.'

Ik zat daarover na te denken en vergat Oostzaan even. Als Kai nou veel sportiever was dan Josja? Kai hield bijvoorbeeld van zwemmen. Dan zou hij hard gaan trainen en een kampioen worden. Het gekke was dan dat Josja met hetzelfde lichaam even hard meetrainde. En dus was Josja ook kampioen, al was hij helemaal niet sportief en wilde hij het eigenlijk niet.

'Kai houdt zich meestal koest en laat het aan mij over,' zei Josja.

Hij durfde alweer wat meer te zeggen. Hij schudde met zijn hoofd en trok aan zijn oor.

'Er liggen bloemen bij Heinzi Poltzer,' zei hij. 'Heb je dat gezien? Niet bij die andere soldaat.'

Ik zag een vaas met gele bloemen bij Poltzers steen.

'Die staan er wel vaker,' zei ik. 'Misschien is er toch nog familie in Duitsland en brengt iemand af en toe bloemen.'

Josja schoof zijn muts naar achteren.

'Heinzi Poltzer is een nieuw mens geworden,' zei hij. 'Als je dood bent, word je opnieuw geboren.'

Een meeuw hing met gestrekte poten boven ons hoofd. De klok van de toren sloeg vijf uur. Ik dacht na over opnieuw geboren worden na je dood. We hadden het er met aardrijkskunde een keer over gehad. Mensen in Azië geloofden het. Het leek me erg geheimzinnig en het paste bij de vreemde verhalen van Josja.

'Voor je geboren bent, was je er al.'

'Weet je dan ook wie je eerder bent geweest?'

'Soms kun je het een beetje raden. Je lijkt natuurlijk op wie je eerst was. En soms ken je hem.'

'Wie ben jij geweest, Josja? Weet je dat?'

'Dan moet je niet lachen, Homme.'

Hij vertelde dat hij bloemenverkoper in Istanbul was geweest. Niet zo lang, want hij was in een steegje doodgestoken. En daarna was hij monnik in Parijs en boekenschrijver in België geweest. En nu dus Josja Pruis. Met Kai zat het anders, dat was juist het probleem. Josja en Kai waren nu tweelingen, maar daarvoor kenden ze elkaar niet. Ze waren tegelijk doodgegaan en toevallig opnieuw geboren in hetzelfde lichaam. En daar zaten ze nu dus samen mee. Kai was heel anders: Kai was soldaat van Napoleon geweest. Later ook nog een Duitse soldaat die in Rusland had gevochten. Josja vertelde van Rusland. Hoe koud het er was en dat Kai er in dit leven nooit meer heen wilde.

'Ik had ook een broer,' zei ik.

'Jij ook?'

'Niet in mijn hoofd. Maar echt.'

'En die is dood, zeker?'

'Bij de geboorte al. Het was mijn tweelingbroer.'

'Soms kom je even terug en sterf je direct weer.'

Dan was het een vergissing geweest, dacht Josja. Of je moest hier nog een kleinigheid regelen, iets wat in een paar minuten bekeken was.

We klommen over het muurtje en liepen naar huis. Links van ons lag het drooggevallen wad. Een zwerm watervogels schoot laag over de grijze slibbanken. Het land was ribbelig, alsof de bodem van de zee volgelegd was met golfplaten. We waren alle ellende rond Oostzaan vergeten en nog lang niet uitgepraat.

'Je broer moet hier ergens zijn,' zei Josja. 'Je komt hem op een dag tegen.'

'Hij kan toch ook ergens anders weer geboren zijn?'

'Dat is zo. In China of zo.'

'Maar dan is hij een Chinees. Is hij dan nog mijn tweeling-broer?'

'Hij zit in een ander lichaam. Misschien herken je hem niet.'

Vrouw Klinkhamer stond hem in de Mosselstraat op te wachten. Ik mocht niet mee naar binnen.

Mam had ook al gehoord wat er gebeurd was. Een leraar die in de klas niet van een meisje kon afblijven, terwijl iedereen erbij was. Dat was toch niet te geloven! Die jongen heeft het vast verzonnen, meende ze. Maar kon Josja zoiets gemeens verzinnen? Hij had wel eens een kwade bui, maar die waaide meestal gauw voorbij. En bovendien: Ada had toch ook niet voor niets geschreeuwd.

15 Een kaars op het nachtkastje

'Wat deed Oostzaan nou precies?' vraag ik. 'Jij bent de enige die het echt weet.'

'Hij had glibberige handen,' zegt ze. 'Hij raakte je altijd zogenaamd toevallig aan.'

'Maar toen met Josja? Je moet alles eerlijk vertellen.'

Ze zucht. De vanillegeur hangt zwaar in de kamer. Ik kijk in haar ogen en vind heel even Oostzaan en Josja onbelangrijk. Heb ik echt een keer gezegd dat ik niet meer verliefd op haar ben?

'Ik weet het niet meer,' zegt ze. 'Toen wist ik het zeker.'

'Denk je dat hij per ongeluk tegen je aan botste?'

'Die ogen, Homme. Het waren de ogen van Josja! Als Josja je aankeek, kon alles waar zijn. Ze lieten je geloven dat je gezien had wat niet eens gebeurd was.'

'Dan kan het dus dat Oostzaan niks gedaan heeft?'

'Als hij niks gedaan heeft, dacht hij het wel. Dat is net zo erg.'

'Toch is het niet eerlijk,' zeg ik. 'Oostzaan is wel ontslagen.'

'Hij heeft Josja's boek verscheurd, vergeet dat niet.'

'Staat er in het Rode Marmerboek wat Josja er zelf van vond?'

Ada pakt me het boek af en bladert erin. We hebben nog niet alles gelezen. Er zijn bladzijden in de geheime indianentaal, die we nog moeten vertalen. We vinden verder niet veel over Oostzaan. Een paar spitsmuistekeningen, natuurlijk. En Kai noemt Oostzaans naam een keer. Josja schrijft veel meer over zijn moeder.

Bladzijde 40 van het Rode Marmerboek

*Hoe weet ik dat ze me Jossie noemt? Ik kan het toch niet ont-
houden hebben, als het waar is dat mam me bij de geboorte
heeft weggegeven? Vet Varken zegt dat mijn moeder omgekomen is bij een bombardement, een paar dagen nadat ze me bij
de nonnen had gebracht. Ik zal haar nooit terugzien, zegt hij.
Maar Vet Varken heeft het mis: bijna elke nacht zie ik haar.
Dat was in het Witte Huis al zo. De zusters lieten een kaars bij
het bed branden, omdat ik 's nachts altijd benauwd werd. Vet
Varken beweerde dat ik hardop schreeuwde. Het is altijd
dezelfde droom:*

*Mijn moeder staat plotseling bij het bed. Haar gezicht is wit,
haar kleren zijn gescheurd. Haar haar schittert alsof er zil-
verpoeder op ligt. Ze buigt zich over me heen en trekt haar vinger over mijn voorhoofd. Haar glimlach is zo lief. Ik weet het
zeker: mijn moeder houdt van mij! Ik steek mijn handen naar
haar uit.*

    'Wat ben je laat, mam.'
    'Jossie, mijn kleine, ik kom elke nacht bij je.'
    'Je laat me niet alleen, hè?'
    'Dat weet je toch wel, Jossie.'
    'Zelfs als je dood bent, kom je, hè mam?'
    *Mam kust me op de wang. En dan plotseling is ze weg. Ik
had naar mijn vader moeten vragen, denk ik. Naast het bed
staat zuster Agnes. Ze zet een kaars op het nachtkastje.*
    'Heb je je gebed opgezegd?' vraagt ze.
    *Aan een ketting om haar hals hangt een kruisbeeld. Ze
buigt zich voorover en slaat een kruisje op mijn voorhoofd.
Haar hand blijft daar even liggen. Het kruisbeeld tikt tegen
mijn wang.*

84

*Misschien is het geen droom als ik mam zie, maar toch een
herinnering? Zou Kai hetzelfde dromen? Of heeft hij dezelfde
herinneringen? We zien hetzelfde, want we hebben dezelfde
ogen. Maar bewaren we ook dezelfde dingen die we zien? Hij
weet toch ook wat ik nu denk. Over die viespeuk Oostzaan, bijvoorbeeld. Is het poortje naar Kais hersens open?*

Kai: 'Oostzaan is een lul.'

Josja: 'Ben jij dat, Kai?'

Kai: 'Je wilt wat weten, lekker broertje?'

Josja: 'Nou ja, ik vroeg me af: zie je mam wel eens?'

Kai: 'Ze is dood!'

Josja: 'Ik bedoel: herinner je je haar nog?'

Kai: 'Ik heb haar nooit gezien.'

Josja: 'Ze komt elke nacht bij het bed, Kai. Dan glimlacht ze.'

Kai: 'Dat is een droom, man.'

Josja: 'Droom jij hetzelfde?'

Kai: 'Heeft ze een mes in haar vuist?'

Josja: 'Een mes?'

Kai: 'Dat ze gauw wegdoet als jij kijkt?'

Josja: 'Nee, geen mes. Ze glimlacht.'

Kai: 'Tjee, Josja, dan is het onze moeder niet, hoor!'

16 Zeezout en bottenkalk

19 oktober 1956
In de Filippijnse bergen is een groep Japanse soldaten ontdekt die niet willen geloven dat de oorlog al elf jaar voorbij is. In Engeland is de eerste atoomcentrale opgestart.

Homme Prins, 19 OKTOBER 1956

Het was een week na het voorval met Oostzaan. Er was veel gebeurd op onze school. Sommigen wisten te vertellen dat Taankuip van de politiepost Oostzaan had meegenomen. Anderen zeiden dat Oostzaan zijn huis al verkocht had en nooit meer zou terugkomen. We kregen Frans van juf Lode, die onverwacht ook alles bleek te weten van 'j'ai, tu as, nous avons' en zo.

We hoorden Josja niet meer over Oostzaan. Maar veel vrolijker was hij niet geworden. Hij spijbelde nog steeds, zwierf rond en dat was gevaarlijk. Op een vrijdagmiddag kwam hij gehavend het plein op sloffen. Hij had bloed op zijn oor, de andere steel van zijn bril was nu ook gebroken en wat het meest opviel: de rode muts was weg. Ada en Kokkie schoten direct toe als ziekenverzorgsters. Ze poetsten het bloed met hun zakdoeken weg en haalden pleisters bij Lode. Ze repareerden de bril met nieuwe lagen leukoplast en aaiden en masseerden Josja aan alle kanten. Zonder muts leek zijn hoofd naakt. Je zag de witte ribbel tussen het haar verdwijnen.

Het duurde even voor we wisten dat de Coeners hem bij het begin van de Oostpier hadden opgewacht. Josja had in zijn eentje bij het lichtbaken op het havenhoofd gezeten. Misschien had hij niet eens doorgehad wat ze wilden. Hij was gaan praten, maar de kabeljauwvreters wilden niet praten. Ze gingen duwen en stoten en daarna was het schoppen en slaan geworden.

'Dat pikken we niet,' riep Lubbe. 'Ze blijven van onze keizer af.'

'Heb je niet teruggeslagen?' vroeg Bertus Belstra. 'Je hebt een schoen als een baksteen, man! Kun jij wel vechten?'

Bertus haalde zijn zakmes tevoorschijn en klapte het lemmet uit.

'Ik heb een mes,' gromde hij overbodig.

Josja tikte met zijn hand tegen zijn slaap en schudde zijn hoofd.

'Het is alweer voorbij,' zei hij. 'We pakken ze later nog wel eens.'

Kokkie en Ada kwetterden en scharrelden bij ons rond. Ze veegden af en toe met hun zakdoek over Josja. Het Ada-geurtje zweefde ook naar onze neuzen. Lubbe Luiten vond dat we niet moesten wachten.

'We kennen de Luitengreep,' riep hij.

Hij deed met Bertus voor hoe je met de Luitengreep elke Coener omverkreeg. Je liet je voor de voeten van zo'n kabeljauwvreter vallen. Die keek dan even verbaasd naar wat daaronder lag. Maar dan had je ook al een voet tegen zijn knie gezet en een hand achter zijn hiel. Dan was het even duwen met de voet en trekken met de hand en elke J.P. Coener sloeg om als een blok. Als je het werk wilde afmaken, trapte je met de voet nog wat door, hoger dan de knie, natuurlijk. Het was gemeen, maar afdoende. Alle jongens wilden proberen hoe de Luitengreep uitpakte. Ik bleef bij Josja zitten: we zagen ze de een na de ander tegen de stenen klappen.

'Waarom deed Kai niks?' zei ik. 'Hij moet je toch helpen. Hij is je broer.'

Als je aan de een kwam, kwam je aan de ander, zo zat het toch bij tweelingen! Josja schudde zijn hoofd. Over zijn wang liep een kras. Zijn ogen waren vriendelijk. Maar zijn mondhoek was opgetrokken. Alsof hij me een beetje uitlachte.

'Kai houdt niet van mij,' zei hij. 'Soms pakt hij me. Dan blijf ik in het prikkeldraad haken of ik snijd me. Ik weet het niet altijd zeker of hij het is. Kan ook zijn dat ik zelf zo stom ben.'

'En zopas...' zei ik. 'Deed hij niks, keek hij gewoon hoe ze jou pakten?'

'Kai kreeg zelf ook slaag,' zei Josja. 'Ik hoorde hem au roepen, hoor.'

Zijn bril zakte op zijn neus. Hij drukte hem hoger.

'Ik vind het maar raar, zo'n broer in jezelf,' zei ik. 'Hij weet alles van je. Hij hoort ook wat je nu zegt.'

'Hield jij wel van je broer?' vroeg hij.

'Dat kon niet. Tobi was hier maar een paar uur.'

'Je kunt ook houden van iemand die er niet meer is. En dode mensen komen toch weer terug.'

'Maar ik weet niet hoe hij er dan uitziet.'

Jakko Kalkhuis onderbrak ons. Hij kwam de muts van Josja brengen. De Coeners hadden hem op een punt van het hek bij hun school gehangen. Jakko had hem met gevaar voor zijn leven terugveroverd. Ik keek hoe Josja hem weer opzette en hem ronddraaide tot het pluimpje op zijn achterhoofd zat. Ik dacht aan Tobi. Zoals het was met Josja nu, zo zou het geweest zijn als Tobi was blijven leven. Iemand die je broer is en tegelijk je vriend.

Josja ging die middag mee naar de Rietlanden. Het was voor het eerst en Ada was trots dat ze hem zover gekregen had. Ze beweerde dat zout water goed was voor zijn schrammen en builen en aaide er met haar natte hand over. Josja zat een halfuurtje op het strandje naar de anderen te kijken, de opstaande kraag van zijn legerjack hoog tegen zijn kin. Er werd niet gezwommen; daar was het ook al te koud voor. Het was al dagen guur weer, met veel wind en soms regen.

*

We liepen terug en kwamen weer uit bij het kerkhof. Volgens Josja moesten er doodsplantjes zijn, grijs met paarse bloemetjes. Ze groeiden alleen op kerkhofgrond bij de zee, beweerde hij. Het was een kwestie van zeezout en bottenkalk. Het stond in *Alle planten van het Aardrijk*.

'Nog even kijken bij Heinzi,' zei hij. 'Ik wil je iets bijzonders vertellen, Homme.'

Ik liet hem de steen van mijn opa zien. Hij vond dat ik later maar bij opa Homme begraven moest worden. Dan hoefden ze er geen naam op te zetten. Achter 'Hier rust Homme Prins' kapten ze gewoon: '2x'. Hij ging op zijn hurken zitten bij de steen van Heinzi Poltzer. Met zijn vingers veegde hij over de letters van Heinzi's naam.

'Waren ze nog heel na die ontploffing?' vroeg hij.

'Ik weet het niet,' zei ik. 'Mijn opa heeft ze wel gevonden, toen op het Vogelland.'

'Vrouw Klinkhamer vindt het maar niks dat hier Duitsers begraven zijn.'

'Omdat het vreemden zijn?'

'Omdat het Duitsers zijn. Dat waren vijanden, zegt ze.'

Hij trok zijn muts af en veegde over zijn voorhoofd. Zijn gezicht was rood, de ribbel op zijn voorhoofd wit. Hij boog zich voorover en kraste met zijn nagels wat aanslag weg tussen de pootjes van de H.

89

'Ik moet je vertellen wie Heinzi Poltzer is,' zei hij. 'Je weet het nog niet Homme, maar Poltzer was mijn vader.'

Zomaar tussen neus en lippen door zei hij het! Ik voelde het bloed in mijn slaap kloppen. Mijn knieën begonnen te bibberen. Hoe was hij daar zo plotseling achter gekomen? Waarom had hij dat niet eerder gezegd? Was hij aan het fantaseren? Maakte hij een grapje? Maar er was geen spoor van een lach op zijn gezicht. Hij knikte en keek me ernstig aan.

'Ze hebben me hierheen gebracht omdat ze wisten dat mijn pa hier ligt,' zei hij. 'Maar je moet het niet verder vertellen. Klinkhamer mag het niet horen. '

Hij pakte een paar kiezelsteentjes en deed ze in zijn broekzak. De pleister die Ada op zijn kin had geplakt liet los. De bril wilde ook niet zo goed op zijn neus blijven zitten. We liepen terug naar huis. Josja vertelde dat het op het kerkhof eigenlijk alleen om de botjes van zijn vader ging. En dat was niet het belangrijkste van een mens. Veel belangrijker was de ziel. Natuurlijk was zijn vader ook weer opnieuw geboren. Josja wist nog niet wie hij geworden was. Het lichaam was altijd anders, alleen de geest bleef voortleven, maar die kon je niet zien. Maar als je ging zoeken, kon je het beste beginnen op de plek waar de botjes gebleven waren.

Ik vond het ingewikkeld. Als zijn vader weer teruggekomen was, moest hij nu een jongen zijn, ongeveer net zo oud als Josja zelf. Josja kon zo iemand toch niet meer zijn vader noemen? Ik vertelde mijn moeder die avond van Josja. Ze wist natuurlijk van de ruzie tussen Josja en Oostzaan.

'Ik zie hem wel eens,' zei ze. 'Mankeert er iets aan zijn voet? Hij loopt zo raar, die jongen.'

'Hij is eigenlijk twee mensen,' zei ik.

Ik legde haar uit hoe het zat met de Siamese tweeling. Ze

schudde haar hoofd en zei dat ze nog nooit van zoiets gehoord had.

'Je moet niet alles geloven wat hij zegt, Homme.'

'Oostzaan heeft zijn boek verscheurd. En de Coeners pesten hem.'

'Hij is een vreemde hier. Ze houden bij ons niet van vreemden.'

'Josja zegt dat het zijn vader is, die ene Duitse soldaat.'

'Welke soldaat?'

'Heinzi Poltzer.'

Ik zag dat ze schrok. Ze keek me met grote ogen aan. Even hield ze haar adem in. Toen schudde ze haar hoofd.

'Dat is helemaal te gek voor woorden,' zei ze. 'Dat kan toch niet. Dan zou die jongen toch ook Duits zijn. Weet je wat ik denk, Homme? Hij fantaseert er maar wat op los. Het is een weeskind, hè.'

Ze vertelde wat ik al wist. Dat ze hem hier gebracht hadden om hem te laten wennen aan het gewone leven. Gewoon naar school gaan, in een gezin wonen, dat was goed voor zo'n kind. Toevallig was vrouw Klinkhamer zijn pleegmoeder geworden. Pleegmoeder, wat een raar woord, dacht ik. Alsof je ziek was en verpleegd moest worden.

'Ze hadden beter een gezin kunnen kiezen waar een vader was,' zei mam. 'Nou heeft hij er zelf een verzonnen.'

17 Het boek van Vet Varken

Homme Prins en Ada Breugel, 21 NOVEMBER 1956

'Als Heinzi Poltzer zijn vader was,' zegt Ada, 'zou Josja toch niet Josja Pruis heten maar Josja Poltzer?'
'Misschien wisten ze niet dat het zijn vader was,' zeg ik. 'Als ze niet weten wie je ouders zijn, verzinnen ze zelf een naam.'
We zitten op het muurtje bij het kerkhof op de plek waar Josja altijd zat. Ada's benen zijn wit van de kou. Ze trekt de rode jas over haar knieën. We hebben gepraat over Josja's vader en over Josja zelf. Ik heb Ada van mijn vader en Tobi verteld.
'Jullie lijken dus op elkaar,' zegt Ada. 'Jouw vader is ook dood. En jullie hadden allebei een tweelingbroer.'
'Tobi is direct overleden,' zeg ik. 'We zijn eigenlijk nooit tweeling geweest.'
Het verschil is dat Tobi en ik los van elkaar konden bestaan. Tobi leefde maar een paar uur en ik ben er nog steeds. Josja en Kai hebben samen maar één hart. En als dat hart niet meer klopt, zijn ze allebei tegelijk weg.
'Geen grotere tweeling dan een Siamese tweeling,' zegt Ada.

Bladzijde 45 van het Rode Marmerboek

Vandaag liet ik Jakko Kalkhuis struikelen. Hij kwam geld van de boekenuitleen brengen. Ik stak mijn voet uit en liet hem pootje flippen. Met opzet! Omdat ik die slaafse Kalkhuis op de grond wilde hebben. Barst toch met die paar centen, dacht ik. En toen Jakko viel en me met bange ogen aankeek moest ik luchen.

Ik schaamde me en hielp hem weer overeind. Ik doe de laatste tijd vaker dingen die ik eigenlijk niet wil. 'Je laat je niet meer op de kop zitten, je wordt moediger,' zei Homme. Maar ik denk dat het komt door die spitsmuis Oostzaan. Of is het nog altijd Vet Varken? Krijg ik daarom soms een woedeaanval? Maar waarom pak ik dan zo'n goedzak als Jakko Kalkhuis? Eigenlijk is er maar één die ik wil laten struikelen. Vet Varken! Daar zou ik nooit spijt van hebben. Die vieze dikzak met zijn gluiperige ogen en zijn vette adem. Nooit zal ik hem vergeten. Hij mij ook niet, natuurlijk. Helemaal niet als hij in de spiegel kijkt. Hij haat me, ook al deed hij zo aardig toen ik wegging.

Gaat hij echt een boek over ons schrijven? Dat wil ik later dan wel lezen! Ik vraag me af hoe hij het gaat doen. Hij weet wel iets van mij. Maar wat weet hij van Kai? Dat Kai heel anders is, maar niet hoe dan wel. Hij heeft nooit met Kai gepraat.

Weet ik zelf wel waarom Kai zo anders is? Lijkt de een van ons op onze vader en de ander op onze moeder? Of komt het omdat we in ons vorige leven al zo verschillend waren? Hij de soldaat, ik de monnik? Ik denk wel eens: hadden er maar twee hoofden op ons lichaam gezeten, zoals op de plaatjes van Vet Varken. Dan zou je misschien kunnen zien dat Kai anders is dan ik.

Links: Ritta en Christina, geb. Sardinië, 1829 – 1829
Rechts: Myrtle Corbin, geb. Amerika, 1868 – 1927

94

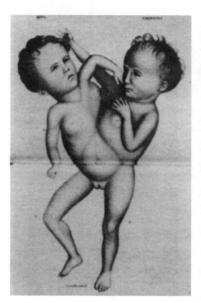 

18 De slag in de Kromme Steeg

24 oktober 1956
De eerste mensen lopen in het droogvallend Oostelijk Flevoland.
De Tweede Kamer begroet 'mejuffrouw' Klompé als de eerste vrouwe-
lijke minister.

Homme Prins, 24 OKTOBER 1956

Onze keizer Josja Pruis had het in het fietsenhok bevolen,
gewoon in de pauze, terwijl Jakko stripboeken uitleende. Hij
kauwde drop en stond met één hand in de zij, de andere wij-
zend. Napoleon op de plaat in de klas! Hij wachtte tot iedereen
in een kring om hem heen stond. Hij praatte snel en luider
dan nodig was.
'We moeten ze pakken, de kabeljauwvreters!'
Ik was even verbaasd. Het was al bijna een week geleden dat
de Coeners Josja hadden gepakt. We hadden een wapeninspectie gehad en Lubbe leerde het Wilhelminaleger de Luitengreep en andere trucjes. Maar dachten we niet allemaal dat
het niet zo'n vaart zou lopen? Dat het meer spel dan ernst
was? Josja had ook gezegd dat hij in de geschiedenisboeken
ging kijken hoe echte krijgsheren oorlog voerden. En dat was
toch een smoesje geweest om eronderuit te komen!
Ik had het verkeerd gezien. Lubbe moest uitleggen of alle
wapens bij de hand waren. Ada bracht rapport uit over het
meisjesregiment. Josja luisterde en kauwde driftig een dropveter weg.
'We doen als de kozakken in Rusland,' zei hij.
Die kleine mannetjes zaten op snelle paarden de soldaten
van Napoleon achter de broek. Ze bedachten slimme hinder-
lagen, deden bijvoorbeeld alsof ze op de vlucht sloegen, maar

ondertussen verstopten ze zich achter een moerasje. De soldaten van Napoleon renden achter de kozakken aan, plompten in het moeras en zakten als bakstenen weg in de Russische bodem.

'Als je daar rondloopt, zie je overal nog bajonetten uit het veen steken.'

Lubbe keek bedenkelijk.

'We hebben geen veenmoerassen,' vond hij.

'We nemen de Kromme Steeg,' zei Josja. 'We doen het vanmiddag.'

De Kromme Steeg was een korte straat met een knik in het midden. Als je aan de ene kant stond kon je het andere eind niet zien. Lubbe Luiten sloot de verste kant af met een groep stokvechters. Jakko Kalkhuis en Bene Hemmes lokten de kabeljauwvreters aan de andere kant de steeg in. Dat was niet moeilijk: het leek op vissen, gewoon wachten tot je beet had. Ze liepen door de straat voorbij de J.P. Coenschool en riepen dat de Coeners kabeljauwvreters waren. Ze wachtten tot de Garnaal kwaad werd en met een groep Coeners achter Jakko en Bene aan rende, de Kromme Steeg in. Ze lokten de kabeljauwvreters tot vlak bij de bocht en draaiden zich toen plotseling om.

'Wilhelmina Nummer Eén!' schreeuwde Jakko.

'Dood aan de kabeljauwvreters!' krijste Bene.

En op dat moment sprongen onze aanvallers de hoek om naast Jakko en Bene. Ze zwaaiden met stokken en sloegen links en rechts op de Coeners in. Het werd een verschrikkelijk gevecht. Josja was eerst achteraan gebleven: een keizer moest immers op een afstand alles overzien. Maar ineens vocht hij zelf ook mee en toen pas bleek het grote belang van Josja's dikke schoen. Hij voerde het Wilhelminaleger niet aan vanuit het midden. Hij sprong rechts in onze aanvalslinie, omdat zijn voet bij het schoppen het best van rechts naar links ging. Schop, bonkstap naar links, weer een schop... Onze keizer maaide zo een hele rij kabeljauwvreters weg. Ze vielen als dominostenen en iedereen die eenmaal door de harde neus van Josja's schoen was geraakt, strompelde weg en kreeg nog een dreun met een stok van Lubbes krijgers mee.

Het duurde niet lang of de Coeners draaiden zich om en vluchtten als muizen de steeg weer uit. En toen kwam onze grootste troef. Het vrouwenregiment van Ada had de steeg afgesloten. Ze schoten als nijdige wespen uit de portieken en geen Coener die dat verwacht had. Van twee kanten kwam het gevaar nu op hen af. De meiden gilden als gekken: een geluid waar je alleen al doodsbenauwd van werd. Nagels flitsten, schoenen vlogen door de lucht, stokken zoefden rond. Wij hielden even in om te kijken hoe de meisjes vochten. De kabeljauwvreters maakten daar gebruik van en schoten ons voorbij. Met de koppen vol builen en schrammen probeerden ze te ontkomen.

De meesten renden terug naar de J.P. Coenschool. Die lieten we lopen. Een klein groepje vluchtte de andere kant op, in de richting van de haven. De Garnaal rende voorop, zijn jack bolde op in de wind. Josja schreeuwde: het was een angstig geluid, veel te hoog voor een jongensstem. Ik zag zijn ogen wild heen en weer schieten.

'Het gaat om de Garnaal!' schreeuwde hij. 'Grijp hem!'

*

We lieten de restjes Coeners aan de meisjes over en zetten de achtervolging in. De Garnaal en nog twee jongens renden naar de haven. Het was stom van ze, want bij de Kromme Steeg leek het gevecht al afgelopen. Er was een meester van de J.P. Coenschool opgedoken, die orde probeerde te brengen. Lubbe, een paar anderen en ik: we renden achter de drie vluchters aan. Achter onze rug hoorden we Josja schreeuwen. Onze benen waren te snel voor zijn klompvoet.

Vlak bij de Oostpier haalden we de drie kabeljauwvreters in. Ik kende mezelf niet terug. Ik had mijn riem uit de broek getrokken en sloeg het leer als een zweep rond. 'Wilhelmina Nummer Eén! Geen genade!' Een bleke Coener kreeg een klap in zijn gezicht. Hij gilde en zakte op de grond, zijn hand voor zijn oog. Ik schrok en wilde me bukken, maar toen voelde ik een stok langs mijn oor zwiepen. De slag op mijn schouder deed zo gemeen pijn dat ik razend werd. Ik draaide me om en sloeg met de riem op de Garnaal in. Ik hoorde mezelf erbij gillen. Uit mijn ooghoek zag ik de gele bezemkop van Lubbe. Hij liet zich vallen en paste de Luitengreep toe. Ik deed hem direct na bij de Garnaal. Het duurde maar even of we hadden de twee omvergetrokken. De derde ontsnapte: het was de bleke kabeljauwvreter die mijn riem had gevoeld. We wachtten tot Josja ons had ingehaald. Hij bleef hijgend voor ons staan.

'Alleen de Garnaal,' zei hij. 'Laat die andere maar lopen.'

Josja krabde met zijn nagel over zijn voorhoofd. Alsof de naad in zijn hoofd jeukte. Hij boog zich over de Garnaal. Lubbe en twee andere jongens hielden de vijand vast. Iemand trok zijn riem los en bond er zijn handen mee vast. De Garnaal kromp in elkaar en spuwde van kwaadheid toen Josja hem schopte.

'Je wordt verbannen,' zei Josja hijgend.

Ik schrok van zijn gezicht. Dit was niet mijn vriend Josja,

maar een vreemde: een hard gezicht met half dichtgeknepen ogen. Lubbe trok de Garnaal overeind en duwde hem naar het plankpad. Josja liep voorop en liet zich in onze roeiboot zakken. Lubbe sprong er ook in en trok de Garnaal naar beneden. Hij bond zijn voeten vast aan de zitplank achter in de boot.

'We gaan een eindje roeien,' riep hij. 'Je hebt je aan keizer Pruis vergrepen, Garnaal. En daar staat de zwaarste straf op die er is.'

Hij zette de riemen in de dollen. Ik wilde ook naar beneden klimmen.

'Niemand gaat mee,' riep Josja. 'Homme, jij blijft hier. Lubbe ook.'

Lubbe klom weer omhoog langs het trapje.

'Dat kun je niet alleen, Josja,' riep ik. 'Het water komt op. Je moet tegen de stroom in.'

Hij sloeg met zijn hand tegen zijn hoofd en prikte met een vinger in zijn oor. Zijn bril gleed van zijn neus. Hij duwde hem met een trillende hand terug. Ik ga mee, dacht ik, het is mijn boot. Maar voor ik het trapje af was, had Josja de boot al afgestoten. Hij stond rechtop en liet de riem weer in de pen glijden. De Garnaal zat op het bankje, krommer dan ooit. Langzaam roeide Josja door de vaargeul naar het havenhoofd. Wij liepen met hem op over de Oostpier. Op een kotter aan de andere kant van de haven stond iemand te roepen. Josja liet even een riem los en stak zijn hand op. De boot gleed voorbij het landhoofd en kwam in de stroom uit zee.

'Hij zet de Garnaal in het slik,' zei Lubbe. 'Wedden? De Garnaal kan straks terugploeteren!'

Wij bleven bij het lichtbaken staan kijken. We wisten dat het niet goed was, dat het niet kon. Het was gevaarlijk: als je niet oppaste schoot je met de roeiboot het Vogelland voorbij.

Of je kwam dwars op de golven en de boot zou water maken. Waren we laf? Durfden we niet tegen Josja in te gaan? Hadden zijn ogen ons in zijn greep? We zeiden niets. We zagen hoe hij uit alle macht aan de riemen trok en langzaam vooruitkwam. De rode muts schoot als de slinger van een klok heen en weer. Hij hield gelukkig rechts aan langs de mosselbanken en zat zo een beetje in de luwte van het Vogelland. Even dachten we nog dat hij zou stoppen bij de slikvelden. Maar hij roeide door en schopte een keer naar de Garnaal. We bleven kijken tot hij naar het Noordstrand afboog en achter het Vogelland uit het zicht verdween. Nu we stilstonden merkten we pas goed dat het weer was omgeslagen. Het was harder gaan waaien. Motregen sloeg ons in het gezicht. Het was al vijf uur geweest. Het kon nog wel even duren voor Josja terug was. Lubbe en ik bleven wachten, de anderen gingen naar huis. Waar was Ada gebleven? Ik had verwacht dat ze ons achterna zou komen.

19 Het kruisbeeld van zuster Agnes

'Zie je wel,' zegt Ada. 'Jij was ook niet jezelf als Josja in de buurt was. Je deed ook dingen die je anders nooit zou doen.'

Ik zie weer hoe ik de bleke jongen raak. De angst in zijn ogen, de opgestoken hand waarmee hij zich tegen de riem wil beschermen. Ik heb het gezicht van iemand die ik nauwelijks ken kapotgeslagen. Wat was dat toch met die ogen van Josja? Hoe kon het dat hij mensen liet doen wat hij wilde?

'Hij liet juf Lode blozen,' zeg ik. 'Of het krijtje viel uit haar hand als hij naar haar keek. Dat schrijft hij ergens in het Marmerboek.'

'Met Vet Varken was er ook zoiets. Snap jij wat er gebeurd is met die man?'

'Het was een viespeuk, net als Oostzaan.'

'Maar Josja kon hem toch met zijn ogen tegenhouden?'

'Niet altijd.'

Ik blader naar een van de laatste bladzijden in het Rode Marmerboek. Er staat iets over een droom. Of het is echt gebeurd? Josja weet het zelf niet.

Bladzijde 52 van het Rode Marmerboek

Ik heb verschrikkelijk pijn in mijn hoofd. Komt dat omdat ik vannacht weer gedroomd heb? Of was het geen droom, maar een herinnering? Ik weet soms niet wat ik droom of wat ik me herinner van het Witte Huis. Soms is mijn hoofd ook zo vol. Dat komt natuurlijk omdat Kai er ook is en ik maar de helft van ons hoofd heb. De droom ging weer over het Witte Huis:

Zuster Agnes staat naast mijn bed. Alleen zij durft dicht bij me te komen. De anderen zijn bang voor mijn hoofd. Zuster Agnes heeft een kruisbeeld om haar hals hangen. De Here Jezus aan het kruis. Een groot en zwaar stuk ijzer. Of misschien is het wel zilver. Als ze hard door de gangen holt, wipt het op haar borst.

Ze buigt zich voorover en trekt de dekens wat op. Voorzichtig zet ze mijn bril af en legt hem op het nachtkastje. Ze laat even haar vinger over mijn voorhoofdsribbel glijden en slaat daar een kruisje. Mam, denk ik. Eigenlijk is zij een beetje mam die me naar bed brengt. Ze aait over mijn wang. Het kruisbeeld aan de ketting schommelt voor mijn gezicht.

'Pas een beetje op,' fluistert ze. 'Vet Varken loopt hier rond.'
'Ik ben niet bang,' zeg ik. 'Ik kijk hem recht in de ogen.'
'Dat helpt niet,' zegt ze. 'Hij heeft het boze in zich.'
Ze doet haar kruisbeeld af en schuift het bij mij onder de dekens. Het kruis ligt koud in mijn hand. Ik voel de benen van de Here Jezus.
'Hou dit altijd vast,' zegt ze. 'En als je bang bent, moet je bidden.'
En dan staat Vet Varken in de deuropening. Hij loopt op mij af. Niemand ziet het. Waar is zuster Agnes zo gauw gebleven? Ik moet hem laten struikelen met mijn ogen, denk ik. Ik wil

zijn hart laten bonken, zodat hij schrikt en denkt: oh, heden, ik ga dood. Ik houd de ketting van het kruis vast in mijn vuist. Ik zoek zijn ogen, maar ik kan ze niet zien. Geeft de kaars bij het bed niet genoeg licht? Hij buigt zich over me heen. Ik voel zijn handen. Dan zie ik dat hij een masker voor zijn ogen heeft. Hij weet dat ik hem kan sturen met mijn ogen. Dat ik nergens ben als ik hem niet kan aankijken. Kai, denk ik wanhopig, help me nou. Laat me niet alleen bij Vet Varken.

'Je moet doen wat ik zeg,' fluistert Vet Varken. 'Anders ga je naar de kelder, dat weet je, hè, kleine?'

Hij heeft me eerder opgesloten. In een nauw hok, koud en nat. Het wordt rood voor mijn ogen. Mijn hand trilt. Ik sla de deken terug. De vlam van de kaars flakkert. Zwaar, denk ik, wat is zo'n kruisbeeld zwaar in je hand. Ik zie zijn ogen door de spleetjes in het masker.

'Wat erg,' zegt Ada. 'Waarom ging zuster Agnes nou weg?'

'Misschien is het een droom,' zeg ik. 'Ik kan niet lezen wat er verder nog staat.'

Ik voel de adem van Ada tegen mijn wang. We turen allebei op de bladzijde in het Marmerboek. Ada kan Josja's geheimschrift wel lezen, maar dit stukje is ook nog eens doorgekrast.

'Ik zal het thuis uitzoeken,' zegt Ada. 'Daar moet ik eerst een poosje op puzzelen.'

20 Een zeehond in de Rietlanden

24 oktober 1956
Het Hongaarse volk komt in opstand: in Boedapest halen arbeiders
het achttien meter hoge standbeeld van Stalin omver. In Harlingen
slaat het paard van de melkventer op hol, terwijl op de bok van de
melkwagen een vierjarige kleuter zit.

Homme Prins, 24 OKTOBER 1956

Een vochtige wind blies in ons gezicht. Het regende al een tijd
zachtjes. Lubbe en ik knepen onze ogen tot spleetjes en tuurden over het wad naar het Vogelland. Een gele vlek tegen het
grauw van de lucht. Als je erin geloofde, moesten er nu de geesten rondzweven waar vrouw Klinkhamer het vaak over had. Het
waren de verdronken Duitse soldaten en andere drenkelingen,
ver van huis gestorven. Ze zouden altijd blijven zoeken naar
hun thuis. In stormnachten hoorde je ze soms angstig roepen.

Plotseling dook Ada naast ons op. De nagels van de kabeljauwvreters hadden rode krassen op haar wang achtergelaten.
Uit de mouw van haar jas hing een lap voering. Ze kauwde
kauwgom met open mond. Haar ogen zochten het wad af.

'Josja is weggeroeid met de Garnaal, hè?'

'Hij is naar het wrak,' zei ik. 'Het is de boot van zijn vader.'

'Jullie hadden hem moeten tegenhouden.'

'Hij komt wel terug,' zei Lubbe. 'Maar de Garnaal moet een
nacht op het Vogelland blijven, hè.'

Hij veegde het water uit zijn gezicht. Zijn oren waren rood
van de koude wind.

'Verbannen,' zei Ada. 'Dat deed Napoleon ook.'

'Napoleon zat zelf op een eiland. Omdat hij de oorlog verlo-
ren had.'

Een groep ganzen waaide gakkend over onze hoofden.

Lubbe ging op de betonnen voet van het lichtbaken zitten. Ada probeerde het opwaaiend haar uit haar gezicht te houden.

'Ik snap het niet,' zei ze. 'Waarom moet die Garnaal zo erg gestraft worden? En in zijn eentje een nacht op het eiland blijven? Hij kan toch over het wad teruglopen?'

'Zonder boot kom je niet terug,' zei ik. 'De vloed komt al opzetten en het waait behoorlijk.'

'Josja is niet gek,' riep Lubbe. 'Hij bindt de Garnaal natuurlijk vast.'

Ada wreef over haar wang.

'Hoe komt het dat hij zo kwaad is? Hij doet dingen die hij anders nooit zou doen. Net als wij.'

Ik merkte dat ik me schrap zette tegen de wind. Dat we elkaar af en toe nauwelijks verstonden. Lubbe stampte met zijn voeten en dook zo ver in zijn jack dat alleen zijn borstelhaar er nog boven uitstak. Het water in de vaargeul steeg. Hier en daar glinsterde het al op de slikbanken. Een vissersboot ploegde haastig door de golven naar de haven. De lucht werd grauw en mistig. We konden nauwelijks meer zien of er een boot bij het Vogelland opdook. Een paar minuten lang gebeurde er niets. Toen trok Lubbe aan mijn mouw.

'Niet best als ik om zes uur niet thuis ben,' zei hij. 'Ik moet weg, Homme.'

Hij draaide zich om en rende de pier af. Hij huppelde een beetje, alsof hij blij was. Opgelucht misschien, omdat hij niet hoefde te zien hoe het afliep met Josja? Ada keek me aan, deed haar mond open en ook gauw weer dicht. Haar gezicht glom van de regen. Ik was nooit eerder met haar alleen geweest. Het maakte me blij, maar ik werd er ook zenuwachtig van. Vroeger leerde ik van tevoren zinnen uit mijn hoofd. En als ik ze zei,

klonken ze zo raar dat Ada wel moest denken dat ik een halve-
gare was. De laatste weken ging het gemakkelijker en Ada
praatte ook meer met mij. Als Josja's plaats achter in de klas
leeg was, kwam ze soms vragen of ik wist waar hij was. Die ver-
andering was na de ruzie met Oostzaan begonnen.

'Kun je 's nachts op het Vogelland blijven, Homme?'

'Niet als het hoogwater is en het stormt.'

'Er komt hoogwater, hè?'

'Er is veel wind uit zee. Nog een paar uur, dan is het hoogwater.'

Ada liep naar het uiterste punt van de pier. Haar haar wap-
perde langs haar hoofd. Alle lekkere geurtjes moesten nu wel
weggewaaid zijn. Ze trok de kraag van haar jas op. Vlak voor
ons klom het water omhoog langs de basaltblokken. Soms
spatte het op en waaide het in ons gezicht. De slikvelden tot
aan het Vogelland stonden nu overal onder water. Wist Josja
dat er hoogwater op komst was? Kon hij zich in zijn eentje redden met de roeiboot? Als hij zo meteen terugroeide, had hij
gelukkig de stroom mee. Ada draaide zich met de rug naar de
wind.

'Bij zo'n wind loopt het Vogelland weer onder, hè?'

'Oene Braam!'

We moesten tegelijk aan hem gedacht hebben. De kleine
Oene, die zich verstopt had op het Vogelland, omdat hij ruzie
met zijn vader had. Het was een jaar geleden, ook in de herfst,
toen het stormde. Later hadden ze hem als een dode zeehond
in de Rietlanden teruggevonden.

'Josja weet niet wat er kan gebeuren.'

'Je bent bang dat hij niet op tijd terug is, hè?'

Josja kende de zee niet zoals wij die kenden. Hij was niet bij
ons geboren. Misschien was hij voor het eerst van zijn leven in

een vissersstadje. Wat gebeurde er als hij niet terug kon komen? Als het water echt hoog was en het stormde, kon het Vogelland wegspoelen. Dat was al zo vaak gebeurd met stukken duin. Ik wist ineens wat ik moest doen. Het had geen zin hier langer te blijven wachten. Ik trok mijn schoenen uit en rolde mijn broekspijpen op.

'Ik ga hem achterna,' zei ik. 'Josja weet niks van het tij.'

'Ik ga met je mee.'

Ada kauwde zenuwachtig op haar kauwgom. Ik wist dat ze dat zou zeggen, maar het was natuurlijk beter dat er iemand achterbleef voor het geval het misging. Als ze me over een uur nog niet zag terugkomen, moest ze hulp halen. Ik wilde niet langer wachten: ik kon nu nog over het slikveld naar het Vogelland. Een uur later zou het water daarvoor te wild zijn. Als ik opschoot, was ik in een halfuur bij Josja. Dan hadden we nog net genoeg tijd om met de boot terug te komen. Ik wist beter waar ik langs moest roeien dan Josja. Misschien konden we met zijn tweeën roeien.

Ik liep eerst een eind langs de Rietlanden, waar we altijd zwommen. Dan hoefde ik niet door de vaargeul en bleef ik nog even droog. Ik kende de plekken waar de grond het hardst was. Maar toch zakte ik soms tot over de enkels weg. Af en toe keek ik achterom naar Ada. Ze leunde tegen het lichtbaken en wuifde naar me. Het water kwam uit zee aanrollen, spoelde met witte schuimkoppen door de vaargeul. De stroom leek meer vaart te hebben dan anders. Op de slikbanken kwam het water op sommige plekken al tot aan mijn knieën. Ik bleef de vaargeul volgen en ploeterde verder zo snel ik kon. Op de Oostpier werd de rode vlek van Ada's jas kleiner. Als ik maar bij Josja ben voor hij terugvaart, dacht ik. Ik zou hem nooit zo gauw kunnen bereiken als hij midden in de stroom zat. Dan zou hij me voorbijschieten en kwam ik zelf in de problemen. Ik liep nog zo'n honderd meter en toen kon ik naar rechts, schuin naar het Noordstrand van het Vogelland. Mijn kleren waren zwaar van het water geworden. Mijn ene voet deed pijn: een schelp, een stuk glas misschien. De grond werd harder. Ik rende het laatste stuk. De roeiboot lag op de plek waar we hem altijd achterlieten als we op het Vogelland waren. Met elke aanrollende golf sloeg de boot mee tegen het duin. Als het water terugspoelde, spande het touw en rukte de boot aan de pin die Josja in het zand had gestoken.

Het water was al bij de voet van de eerste duintjes. Josja en de Garnaal moesten bij het wrak van de Duitse patrouilleboot zijn. Ik klom bij het duin omhoog en keek rond. Een paar meeuwen zwiepten hoog boven mij door de lucht. Ik hoorde Josja roepen voor ik hem zag: een hoog huilend geluid, waar de wind gaten in hakte. Ik liet me naar beneden glijden en klom het volgende duin op. Heel gewoon doen, dacht ik. Niet gaan roepen. Ik moest naar hem toe lopen alsof het de gewoonste zaak van de wereld was: ik kwam even op het Vogelland kijken en toevallig zag ik dat Josja er ook was. Zoiets dus.

Ik stak mijn hoofd over de rand van het tweede duin. De wind duwde in mijn rug. Voor me lag de duinpan met het wrak van de marineboot. Josja stond gebogen over de Garnaal, in zijn hand een stuk grijs touw. De Garnaal lag in het zand bij het wrak, zijn knieën tegen zijn borst, krommer dan ooit.

21 Het kontje van Kokkie

Homme Prins en Ada Breugel, 22 NOVEMBER 1956

Alles wat we van Josja hebben ligt voor ons op tafel. Een
Eric de Noorman en een *Kapitein Rob*: stripboekjes van
Jakko Kalkhuis' uitleenbibliotheek. Maar ook kleine dingen die Ada van Josja gekregen heeft: een blauwe geluks-
steen, het botje van een konijn, een muziekdoosje. En
natuurlijk het Rode Marmerboek. Achter in het Marmerboek vonden we nog een ansichtkaart met Jezus erop. Een
stralenkrans rond zijn hoofd. De inkt op de kaart is uitgelopen. Maar je kunt nog lezen wat er staat: Een groet van
zuster Agnes.

'Over die ruzie met de Coenschool staat niks in het
Marmerboek,' zeg ik. 'Ook niet over de Garnaal en het
Vogelland.'

'Josja had geen tijd meer om er nog over te schrijven.'

Ada pakt me het Rode Marmerboek af. Ik zie haar ogen.
Blauw! Ik durf er niet lang naar te kijken. Het is net alsof ik
Josja dan een beetje bedrieg.

'Hij had wel een keer ruzie met zijn broer,' zegt Ada.
Ik weet wat ze bedoelt en ook precies waar het staat.

Bladzijde 54 van het Rode Marmerboek

Wanneer heb ik ontdekt dat Kai er ook was? Toen ik voor het eerst iets deed waarvan ik niet begreep waarom ik het deed? Die dag dat ik de vliegerstokjes doormidden brak en de vleugels van de vlieger vertrapte? Hoe kon ik dat doen?! Ik had zo'n mooie vlieger gemaakt! De zusters hadden me erbij ııı *geholpen. Zuster Agnes had engeltjes op de vleugels geschilderd. Achter het Witte Huis zouden we hem de lucht in sturen.*

Ik heb nu door waarom ik dingen doe die ik niet wil. Homme begreep het niet. Ik liet op het kerkhof een tak in zijn gezicht springen. Hij dacht dat het per ongeluk gebeurde. Maar het was geen ongeluk. Ineens wist ik het, gisteren, toen Kokkie naast me kwam staan. Ik zei dat ze een mooi kontje had en ik wist direct dat ik het niet was die dat zei. Ik denk nooit aan zoiets. Ik weet best dat een meisje anders in elkaar zit. Maar waarom al die drukte om een meisjesbobbel of een gaatje? Ik vind het gewoon fijn als Ada bij me is, maar niet omdat ze al borsten heeft, of een rond kontje. Een klein beetje omdat haar stem zo mooi klinkt, omdat ze zo lekker ruikt misschien.

Toen Kokkie zich tegen me aan drukte, wilde mijn hand haar lichaam voelen. Mijn hand, onze hand, jouw hand, Kai! Je hoort me, je weet wat ik denk. Ik heb je door! Ik zeg het je recht in je gezicht, in ons gezicht:

Josja: 'Het is gemeen van je. Ze denken dat ik het doe.'
  Kai: 'Nou, wat zou dat?'
Josja: 'Je verstopt je achter mij.'
  Kai: 'Wat moet ik anders? Moet ik eerst zeggen: "Nu spreekt Kai. Niet die slome die jullie kennen als Josja, die al zo lang de baas is over onze stem"?'

Josja: 'Ik ben toch je broer!'

Kai: 'Jij bent de monnik, Josja. Ik de soldaat, dat weet je toch.'

Josja: 'Soms zou ik je op je gezicht willen slaan, Kai.'

Kai: 'Toe maar, jochie. Maar het is ook je eigen kop, hoor! Je slaat ook jezelf.'

Josja: 'En toch doe ik het als je niet ophoudt.'

Kai: 'Laat me niet lachen, broertje.'

Josja: 'Ik ben moe, Kai. Ik heb zo'n hoofdpijn.'

Kai: 'Ga dan even maffen, man! Dan kan ik ook eens met ons lichaam op stap, zonder dat jij me op de vingers kijkt.'

Ansichtkaart van zuster Agnes

22 Een bijl in mijn hoofd

24 oktober 1956
Een rechtbank in Berchtesgaden stelt officieel vast dat Hitler op 30 april 1945 in Berlijn zelfmoord pleegde. In China vinden geologen een tien meter lang fossiel van een dinosaurus.

Homme Prins, 24 OKTOBER 1956

Met sprongen en half glijdend kwam ik het duin af. Ik remde pas af toen ik bij het wrak van de marineboot was. Even leunde ik hijgend tegen het ijzer. Josja keek over zijn schouder naar me. Ik schrok van het gezicht onder de rode muts: strak, met half dichtgeknepen ogen. Het gezicht van de Garnaal was zo wit als de buik van een vis. Zijn ogen sprongen angstig van Josja naar mij. Niemand van ons had nog een woord gezegd. De handen van de Garnaal waren op zijn rug vastgebonden met een broeksriem. Josja had er een eind touw omheen geslagen en het vastgeknoopt aan de schroef van de boot. Hij tikte met het losse eind in het zand.

'We moeten terug, Josja,' zei ik zo rustig mogelijk. 'Ik kom je halen.'

Josja gromde iets wat ik niet verstond. Meeuwen waaiden als flarden papier voorbij. De wind zwiepte zand en water over de top van het duin. De kop van het wrak lag het laagst: daar verzamelde zich al een plas. Het water gleed grauw schuimend de kuil in en kroop naar de voeten van de Garnaal. De onderkant van zijn broek was donker.

'Je komt mij dus halen,' zei Josja.

Hij kriebelde de Garnaal met het eind van het touw in het gezicht. De Garnaal schudde met zijn hoofd en drukte zijn kin op zijn borst. Uit het magere lichaam staken de schouders puntig omhoog. Ik trok Josja aan zijn jack. Zijn hoofd schokte opzij. De brillenglazen waren nat. Zijn ogen groot en groen.

'Het gaat stormen,' riep ik. 'We moeten nu echt terug.'

'Je bent toch niet bang?'

'We halen het niet met de boot als we niet vlug zijn.'

'Donder op, man!'

Josja's stem was donker en knalde als een zweep. Ik legde een hand op zijn arm, maar hij schudde hem direct weg. Het touw kronkelde als een slang naar de hals van de Garnaal. Snapte Josja niet dat het Vogelland onder zou lopen als het water hoog werd? Moest ik hem van Oene Braam vertellen? Josja tikte met het touw op de wang van de Garnaal. Die probeerde zijn gezicht weg te draaien. We zaten nog in de luwte in de duinpan. Maar onze stemmen gleden al weg in de wind.

'Zeg het nog eens, klein mannetje,' riep Josja. 'Josja is een krompoot, hè?'

'Josja, hou op,' riep ik.

'We verdrinken hier!' gilde de Garnaal.

Josja lachte: een geluid dat meer een schreeuw dan een lach was.

'Toe dan, zeg het dan. Josja is een krompoot.'

Bij elk woord sloeg hij het touw tegen het hoofd van de Garnaal. Wat bezielde Josja? De kabeljauwvreters hadden hem zo vaak uitgescholden zonder dat hij zich er druk om maakte. Waarom kwam hij nu met zo'n verschrikkelijke wraak?

De Garnaal boog zijn hoofd en rukte aan het touw achter zijn rug. Een nieuwe golf water spoelde langs zijn benen. Josja haalde ineens uit en sloeg de Garnaal hard in zijn gezicht. Een rode striem gloeide op in het bleke gezicht. Ik schreeuwde en pakte Josja vast.

'Josja, hou op. Het is niet eerlijk.'

Ik probeerde het touw uit zijn hand te trekken. Josja rukte er wild aan en schudde zich los. Een veeg zand waaide in ons gezicht, prikte met speldenprikjes in mijn huid.

'Hij maakt ons dood!' gilde de Garnaal.

'Laat hem los, Josja.'

'Homme, jij bemoeit je er niet mee.'

Zijn stem kraste door mijn hoofd. Ik zag Josja's mond openklappen alsof hij diep ademhaalde. Zijn wenkbrauwen schoten omhoog. Ineens zat hij boven op de Garnaal, die van schrik in elkaar kromp. Die bleke vissenkop! De angst in die grijze ogen! Josja bonkte met een vuist in het gezicht van de Garnaal. De Garnaal gilde en trapte terug. Het is gemeen, dacht ik, de Garnaal kan zich niet verdedigen. Ik probeerde Josja's hand tegen te houden. Hij draaide zijn hoofd met een ruk om en sloeg met zijn elleboog achteruit. De pijn golfde door mijn buik. Maar meer nog door mijn hoofd. Josja die mij sloeg! Mijn vriend die me in de buik stompte!

Ik begon tegelijk te huilen en te schreeuwen. Josja boog zich over de schroef. Hij trok aan de knoop in het touw. Maar direct daarna sprong hij weer op. Schopte naar mij met zijn dikke schoen, maaide een vuist naar de Garnaal. De Garnaal sloeg met zijn rug tegen de schroef en gilde van pijn. Weer zochten Josja's vingers de knoop. Weer sprong hij op alsof iemand hem terugtrok.

'Hou op, Josja!' schreeuwde ik. 'Je bent gek, man.'

'Laat me los,' huilde de Garnaal.

Josja hield even in. De wind floot. Een golf water sloeg langs de boot. De Garnaal was nu kletsnat. Hij hoestte en spuwde water uit. Uit zijn neus kwam bloed. Josja bonkte met zijn schoen tegen het wrak. Hij keek achterom naar mij. De muts zat scheef, een steel van de bril was afgebroken. Niet eerder had ik hem zo gezien. De ribbel op zijn hoofd was blauw van de kou. Het leek alsof er rood in zijn ogen zat. Boven de wind uit hoorde ik zijn krijsende stem. Hij haalde weer uit en trapte tegen mijn been. Een gemene pijn schoot door mijn knie. Ook door mijn hoofd flitsten pijnscheuten.

'Josja!' riep ik. 'We zijn vrienden.'

'Vrienden?' gilde Josja. 'Laat me niet lachen.'

Er gleed een koude rilling over mijn rug. Ik wist zo weinig van mensen. Hoe deed iemand als hij gek geworden was? Wat moest je doen met iemand die zijn verstand kwijt was?

Het haar van de Garnaal hing in slierten langs zijn gezicht. In zijn ogen was alleen maar paniek. Josja dook weer naar het touw bij de schroef. Ik zag hoe hij met zijn hoofd tegen de schroef botste. Hij raakte de Garnaal niet meer. Hij trok en stompte naast hem. Het leek alsof hij vocht tegen iemand die er niet was. Met een ruk schoot zijn hoofd achterover en weer naar voren. Zijn bril brak op zijn neus doormidden en viel in het water. Ineens begreep ik wat er gebeurde. Hij doet het met opzet, dacht ik. Hij bonkt met zijn hoofd tegen de schroef omdat hij het zelf wil!

Twee, drie keer sloeg zijn hoofd tegen de schroef. Elke slag hakte als een bijl in mijn eigen hoofd. Het bloed liep over Josja's gezicht. Het waaide met slierten naar de schroef, spatte op zijn legerjack. Ik werd benauwd, alsof iemand mijn keel dichtkneep. Ik kroop naar Josja en greep hem vast. Mijn hoofd leek te barsten van de pijn. Het lichaam van de Garnaal schokte. Ik huilde zoals ik heel lang niet gehuild had.

'Hier bij deze boot ging mijn pa dood,' riep Josja.

Zijn stem bonkte als een hamer op ijzer.

'Mijn pa, en dat is jouw schuld, vieze Garnaal.'

De wind was even weg, een paar seconden lang was het stil. Ik hoorde Josja rochelen. Hij zakte met zijn rug tegen het wrak. Zijn benen lagen languit in het water. Ik kreeg weer wat meer lucht.

'De Garnaal heeft niks te maken met jouw vader, Josja.'

Met zijn mouw veegde hij over zijn wang. De bril was verdwenen. Er drupte bloed naar beneden. Het werd dun in het water en spoelde weg. Josja knikte naar mij en stak een hand uit. Alsof ik hem overeind moest trekken.

Ineens was het gevecht afgelopen. Ik probeerde het touw en de riem op de rug van de Garnaal los te krijgen. Achter mij leunde Josja tegen het wrak. Ik keek snel over mijn schouder. Hij had zijn ogen dicht en haalde hijgend adem. De Garnaal werkte niet mee. Mijn vingers waren stijf van het koude water. Ik trok met mijn tanden, net zo lang tot ik de knoop los had. De Garnaal rilde en huilde zonder geluid. Ik sleepte hem een paar meter verder naar een hogere plek. Even bleef ik staan, een beetje schuin tegen de wind in. Mijn hoofd klopte. Josja drukte zijn hand tegen zijn voorhoofd. Bloed kroop tussen zijn vingers door. Hij liet zich in het water zakken en tastte rond naar zijn bril. Ik haalde diep adem. Rustig blijven, zei ik tegen mezelf. De Garnaal is halfdood, Josja bloedt en ziet niks meer en het is zo meteen donker. Het Vogelland loopt onder en we komen hier om als ik niet rustig blijf.

'We kunnen het misschien nog halen!' schreeuwde ik. 'Naar de boot.'

Ik trok de Garnaal overeind en steunde hem. Josja strompelde achter me aan. De wind huilde om de boeg van het wrak, sloeg ons recht in het gezicht. De Garnaal hing zwaar tegen me aan. We worstelden ons het duin op. Ik kwam hijgend boven. Wat ik zag sneed mijn adem af. Het water stormde in donkere golven uit zee. Wit schuim slingerde door de lucht. Stukken van het duin waren weggegleden. In de lucht boven me knetterde het. Was het onweer of rommelde het zo in mijn hoofd? Ik kon mijn ogen niet geloven. Wat wist Josja van boten! Had hij de roeiboot wel goed vastgezet? Het strand was zee geworden. De boot was verdwenen.

23 Een liedje van de nonnen

Ada pakt het muziekdoosje van Josja. Er zit een klein slingertje aan. Als je eraan draait, gaat er een cilindertje rond met puntjes erop, die lipjes ijzer opwippen. Dan hoor je een liedje van de nonnen. Josja heeft Ada verteld wat de woorden bij het melodietje zijn:

Blijf bij mij, Heer, want d'avond is nabij.
De dag verduistert, Heere, blijf bij mij!

Ada draait. Het wijsje zoemt door mijn hoofd.
'Josja zei dat zijn hoofdpijn ervan overging,' zegt Ada.
'Hij klaagde vaak over hoofdpijn, hè?'
'Tikte hij daarom steeds opzij tegen zijn hoofd?'
'Hij drukte ook vaak een vinger in zijn oor.'
'Steeds rechts, hè? Aan de kant van Kai.'

24 De hand van een vriend

24 oktober 1956
Het Hongaarse volk vecht fel tegen de Russische troepen: er vallen meer dan tweehonderd doden. In Kidderminster (Eng.) redt een monteur een duif die met zijn staartveren in de stadsklok vastgeraakt is.

Homme Prins, 24 OKTOBER 1956

We zagen alleen maar zee, witte schuimkoppen die uit het grauw opdoken. Nergens een spoor van mijn roeiboot. De Garnaal liet zijn hoofd op zijn borst vallen en zakte door zijn knieën. Josja tuurde rond, maar leek zonder bril niks te zien. De zijkant van zijn hoofd was rood en opgezwollen. Klodders opgedroogd bloed plakten in zijn muts. Zijn legerjack hing als een vod om zijn lichaam. Het leer van zijn dikke schoen was donker door het zeewater.

Ik trok de Garnaal aan zijn jas mee. We liepen naar de andere kant van het Vogelland, twee duinen verder. Josja scharrelde onzeker achter me aan. Ik zocht achter een duintop een plek waar we uit de wind zaten. We keken nu uit op het wad. Eerst de rietvelden en de mosselbanken en dan tot aan het vasteland het water. Ik wist dat ik niet hoefde te zoeken naar mijn boot. Die was al lang weggespoeld. Als ik geluk had, vond ik hem misschien nog terug in de Rietlanden. De wind waaide slierten schuim over onze hoofden. Het water zou nog hoger komen. Misschien niet zo hoog als wij zaten, maar een duin kon bij hoogwater ook zo wegspoelen. Het hele Vogelland kon wel verdwijnen, zo groot was het eilandje immers niet. En de zee was te wild om te zwemmen. Het enige wat we konden doen was wachten tot Ada hulp had gehaald. Ik tuurde naar de Oostpier. Het stipje van een rode jas was niet meer te zien.

'We moeten rustig blijven,' zei ik. 'Ada waarschuwt de vissers. Ze zullen ons halen.'

'We verdrinken,' huilde de Garnaal. 'We gaan hier dood.'

Hij wreef over zijn polsen en begon opnieuw te snotteren. Josja trok de muts ver over zijn oren. Hij voelde op de plek waar de bril verdwenen was. Ik bleef naar de haven turen. Mijn hoofd bonkte nog steeds. Ik kneep mijn vuisten stijf dicht om de angst buiten te houden. Ik mocht niet bang worden. Josja zou niet opnieuw beginnen, maar veel hulp hoefde ik van hem niet te verwachten. Het kwam op mij aan als we levend thuis wilden komen.

Over de rand van het duin waaide zand. Het streek als schuurpapier langs mijn gezicht. Josja groef met zijn handen een kuil om wat beter te zitten. Veel zou het niet helpen. Het water sloeg af en toe al over het duintje achter ons. We hoorden het slurpend geluid van water dat een duinpan in gulpte. We kropen dichter bij elkaar. De Garnaal had zijn knieën opgetrokken. Hij trilde over zijn hele lichaam en mompelde onverstaanbaar in zichzelf. Het leek alsof hij een gebed opzei. Maar dat zou wel niet: de school van de kabeljauwvreters was geen christelijke school.

De woedeaanval van Josja was voorbij. Hij was stil en rustig, leek niet meer op de vechter van zopas. Hij tuurde in de verte, maar zag natuurlijk niks. De natte kleren en de wind lieten hem ook bibberen. Hij trok aan mijn arm.

'Die schedel, weet je wel, Homme, die moet jij bewaren.'

Ik begreep even niet waar hij het over had. Hij boog zich voorover: zijn mond vlak bij mijn oor.

'Jij weet waar hij ligt. Die schedel onder het bed. Ik wil niet dat vrouw Klinkhamer hem vindt.'

'Je kunt hem zelf toch ergens anders verstoppen?'

De wind floot, het water steeg. We waren alleen, zelfs de meeuwen waren verdwenen. Was Josja bang dat hij het niet zou overleven? Wist hij toen al dat we niet gewoon verder konden gaan, elkaar niet terug zouden zien?

'Die schedel, Homme. Weet je wie het geweest is?'

'Je zei dat het een soldaat was.'

'Dat zei ik toen. Ik weet nu beter. Ik weet wie het was.'

Ik keek hem even aan, vroeg niks.

'Kai, toen hij soldaat was.'

Ik knikte: ik had geen zin om er verder over te praten en te informeren naar dingen die ik niet begreep. Het was belangrijker om te weten of er al een boot uit de haven kwam. Het begon al donker te worden. Zo meteen zouden de lampen op het havenhoofd gaan branden. Konden ze ons in het donker nog vinden? Ik dacht weer aan Ada. Aan haar blauwe ogen. Hoe we alleen op het havenhoofd hadden staan wachten. Het komt goed, dacht ik, ik moet Ada terugzien. Maar waarom moest het zo lang duren? Ze wisten nu toch dat we hier zaten? Zo veel tijd had Ada toch niet nodig om hulp te halen? En de vrienden van de Garnaal, Lubbe Luiten: ze wisten toch allemaal wat er gebeurd was?

Het begon weer zacht te regenen. Van alle kanten kwam de nattigheid op ons af. Ik hoorde de Garnaal klappertanden. Zijn kaak bibberde als een los stuk onder zijn hoofd. Ineens zag ik een boot de haven uit varen. Ik haalde diep adem en stootte de Garnaal aan.

'Ze komen eraan,' zei ik.

Direct toen de boot de pier voorbij was dook hij met de kop in de golven. We keken zwijgend hoe hij in onze richting stampte. En pas toen ging ik denken aan hoe het verder moest.

Wat Josja gedaan had was te erg. We konden niet zomaar verdergaan alsof er niets gebeurd was. Wie zaten er op de boot? Waren dat een paar vissers? Was het de boot van de waterpolitie? Taankuip van de politiepost? Josja hoestte. Hij greep mijn arm vast.

'Ik denk dat mijn vader direct dood was,' zei hij.

'Denk je daar nu aan?'

'Je hebt de kop van de marineboot gezien?'

'Een mijn, Josja. Vissers krijgen er nu nog wel eens een in de netten.'

'Als er een mijn ontploft, ben je dood. Dan vlieg je in stukjes uit elkaar.'

Het was een poosje stil. De Garnaal ging staan. Gebukt, de wind in zijn rug. Hij schreeuwde naar de boot. Ze konden hem natuurlijk niet horen. Ik trok hem aan zijn broek naar beneden. Josja peuterde met stijve vingers het borstzakje van zijn jack los. Hij haalde zijn aantekenboekje eruit.

'Ze pakken het af, Homme. Jij moet het bewaren. Stop het onder je kleren.'

Er zaten bobbels in het marmerpapier van het kaft. Het rood was vlekkerig geworden en de zijkanten voelden ook nat. Ik schoof het boekje in mijn broekzak.

'Weet je,' zei Josja, 'je zei een keer Tobi tegen me. Je vergiste je, je dacht even dat ik Tobi was.'

Hij praatte zo zacht dat ik hem bijna niet verstond. Zonder bril leek hij zo hulpeloos. Kon hij mijn ogen wel zien? Ik had hem willen aanraken, de ribbel op zijn voorhoofd met mijn vinger willen volgen. Ik had hem willen zeggen dat we vrienden bleven. Wat er ook gebeurd was, wat er ook zou gebeuren, waar ze hem ook heen brachten.

'Misschien bén je mijn broer, Josja.'

'Denk je dat echt? Ik jouw broer, hè?'

Hij keek me aan en glimlachte. Het was de glimlach waarmee hij eerder Ada over het hoofd had gestreken. Hij bewoog naar me toe en gaf me een hand, een raar gebaar. Wij jongens, we sloegen elkaar op de schouder, we gaven elkaar een stomp, maar we gaven elkaar geen hand. De Garnaal keek naar ons en luisterde met grote angstogen.

We tuurden over het water. Ik vertelde Josja wat ik zag. De boot kwam dichterbij, een donkere vlek in de grauwe zee. Op het stuurhuis van de kotter sprong een schijnwerper aan. Toen leek het ook ineens heel donker bij ons. De Garnaal sprong weer overeind en zwaaide. Wat later liep de boot vast met de kop in het slik. We zagen er drie mannen uit springen. Ze hadden laarzen aan tot hun middel. Ze ploeterden gebogen door het water naar ons toe. Een van de mannen had een zwart jack aan. Al voor hij bij onze duin was, wist ik wie het was: Taankuip van de politiepost.

25 Korenblauw, korenbloemblauw

Het is zaterdagmiddag. We zitten bij het marinewrak op het Vogelland. Ada wilde erheen. Het is koud, maar de zee is niet wild. De resten van de boot zijn roestig bruin. Bij de voorkant is het ijzer opengescheurd. Half opgedroogd wier kleeft aan het ijzer. Maar er is niks meer te zien van alles wat er op deze plek is gebeurd. Als je door het slik gelopen bent, zie je daar even later ook niks meer van: de zee wist altijd alle sporen uit.

Ik wijs Ada het duin aan waar we zaten te wachten op de boot. We lopen erheen en kijken uit over het wad. In de verte de haven, ons stadje, het kerkje, de visfabriek.

'Jullie waren natuurlijk doodsbang,' zegt Ada. 'Toen ik je niet meer zag heb ik nog een kwartier gewacht. Toen heb ik hulp gehaald.'

Ze trekt haar jas over haar knieën en gooit een handvol zand in de lucht. Het waait als een wolkje weg. Ik heb haar verteld van het gevecht. Dat Josja eerst de Garnaal sloeg, toen mij en ten slotte zichzelf.

'Josja dacht dat de Garnaal de duivel was,' zegt ze. 'Daarom had hij zo'n hekel aan de Garnaal, denk je niet?'

'Het ging niet om de Garnaal,' zeg ik. 'Het was Kai. Josja vocht eigenlijk met zijn eigen broer.'

'Denk je dat? Hij sloeg jou ook. Dan was dat misschien Kai?'

'Natuurlijk, dat zou Josja toch niet doen? Wij waren vrienden.'

Het is jammer dat we zoveel pas begrijpen nu Josja weg is. Altijd waren er bij Josja twee mensen in één lichaam geweest. Maar je zag alleen Josja. Kai leefde in het donker en hield zich verborgen. Tot deze zomer bij ons. Toen elleboogde Kai zich naar voren. En meteen gebeurden er dingen die Josja niet wilde. Het was niet Josja die de oorlog tegen de J.P. Coenschool leidde. Het was niet Josja die de verschrikkelijke wraak op Oostzaan en de Garnaal bedacht. Kai met zijn donkere stem, met zijn groene ogen! De striplezer Kai, de dropeter Kai!

'Dat gevecht bij de boot,' zegt Ada. 'Toen sloeg Josja zijn hoofd tegen de schroef, zei je?'

'Ik dacht eerst dat hij zichzelf sloeg,' mompel ik. 'Omdat hij verdrietig was. Of omdat hij kwaad was dat zijn vader dood was.'

'Maar hij sloeg dus eigenlijk Kais hoofd kapot.'

'Het gat zat rechts op de plek waar Kai in het hoofd zat.'

'Dan verdedigde Josja de Garnaal dus. Hij hielp hem tegen Kai!'

'Maar dat gelooft niemand.'

Goed een maand geleden: ik zie de politieman weer op ons af rennen. Hij greep meteen Josja vast. Gooide hem op de grond alsof hij een boef was. Ze kwamen om de Garnaal te redden. Ze gaven de Garnaal en mij een deken, niet Josja. Wie zou het ooit begrijpen? Josja werd beschuldigd van iets wat zijn broer had gedaan.

'Weet je wat gek is,' zegt Ada. 'Hier bij ons leek het alsof Josja alles kon en nergens bang voor was. En als je het Rode Marmerboek leest, is hij anders.'

'Dan is hij een bange jongen, vooral bang voor Vet Varken.'

Ada haalt een papiertje uit haar jaszak.

'Dat doorgestreepte stuk in het Marmerboek,' zegt ze. 'Het was ook nog eens geheimschrift. Ik heb vanmorgen net zo lang gepuzzeld tot ik wist wat er gestaan heeft. Het gaat over die dokter.'

'Josja heeft ook met Vet Varken gevochten, hè?'

'Lees zelf maar.'

Ik lees het stukje dat Ada heeft vertaald en opgeschreven:

Bladzijde 52 van het Rode Marmerboek

Ik draai de ketting om mijn vuist. Dan sla ik de deken terug. Mijn hand slaat opzij. Het kruis van zuster Agnes zwiept door de lucht. Het metaal hakt in het gezicht van Vet Varken. Het bloed springt eruit. Op de gang hoor ik zuster Agnes gillen. Vet Varken krijst en zakt op de grond. Zuster Agnes valt op haar knieën. Ze bidt hardop: 'Heilige Maagd, moeder Gods, help ons. Dit kind weet niet wat het doet.'

'Tjee, Ada,' fluister ik. 'Josja heeft Vet Varken aangevallen.'
   'Net goed,' zegt Ada. 'Vet Varken was een viespeuk.'
   'Denk je dat Josja hem doodgeslagen heeft?'
   'Ergens staat dat Vet Varken afscheid van hem neemt,'
zegt Ada. 'Dat hij Josja boeken geeft als hij weggaat.'
   Ada legt het Rode Marmerboek op haar knie. Er zijn nog
meer stukken die we niet kunnen lezen. De bladzijden
waar de inkt door het water uitgelopen is, kunnen we misschien nooit ontcijferen. De bladzijden in geheimschrift
zijn voor ons geen geheim meer. Ada kan het lezen. Ik ook,
maar dat zeg ik haar niet. Ada zegt wat er staat en ik schrijf
het op. Zo zitten we 's middags bij elkaar. Soms moeten we
turen naar de hanenpoten van Josja. Dan raken onze hoofden elkaar bijna. Dan kruipt de geur van vanille door alle
kieren mijn hoofd binnen.
   Ik laat het zand door mijn vingers glijden en kijk naar
Ada. Bij haar oor zitten goudkleurige haartjes. Eerst dacht
ik dat ik nooit iets met Ada zou willen, hoe gek ik ook op
haar ben. Het zou zijn alsof ik Josja iets afpak als hij er niet
bij is. Maar het is anders. Ada hield van Josja. Ik ook. En als
je allebei van dezelfde persoon houdt, houd je ook een
beetje van elkaar. Dat kan niet anders. Ineens weet ik het
woord dat ik al zo lang zoek.
   'Korenblauw,' zeg ik.

'Wat korenblauw?' vraagt Ada verbaasd.

'Niks,' mompel ik.

'Koren is niet blauw.'

'Korenbloemblauw dan.'

Ik begin gauw over iets anders:

'Waar zou Josja nu zijn?'

'Misschien zien we hem nooit terug.'

'Ik ga hem zoeken. Hij is mijn vriend, hij is mijn broer.'

Zo gauw ik groot ben, ga ik weg. Ik wil hier niet blijven. Een leven lang werken in de visfabriek? En dan onder een steen op het kerkhof bij de zee? Ik wil de wereld in. En ik ga Josja zoeken. Alle hoeken van het land zal ik bezoeken. Overal zal ik vragen: 'Hebben jullie Josja Pruis gezien?'

'Ik ga met je mee,' zegt Ada.

Door de vaargeul tuft een kotter naar de haven. Ik grijp Ada's hand.

'Gek, vroeger durfde ik niet met je te praten,' zeg ik. 'Dat is pas op het havenhoofd veranderd, toen we stonden te wachten op Josja.'

'Volgens mij ben je helemaal niet verlegen meer,' zegt Ada.

Ze lacht en leunt een beetje tegen me aan. Ik zie haar wangen rood worden. Het komt niet van de kou. Dat prachtige blauw van haar ogen. Korenbloemblauw! In mijn borst bonkt het. Dat ík rood word, is niks bijzonders. Maar ik zie voor het eerst dat Ada ook verlegen kan zijn. Mijn knie leunt tegen haar been.

'We gaan samen alles uitzoeken,' zegt Ada. 'We moeten ook naar Duitsland waar Heinzi Poltzer woonde. Misschien weten ze daar of het waar is dat Heinzi Josja's vader is.'

26 De naam van de vader

Homme Prins en Ada Breugel, 24 NOVEMBER 1956

Het wordt al vroeg donker. De lucht is grijs en mistig. Ik
roei langzaam terug naar de haven. Ada zit tegenover me,
weggedoken in haar jas. Haar wangen zijn rood. Ik kijk
over haar schouder naar het Vogelland, dat langzaam wegzakt in de mist. Het is nu bijna vier weken geleden dat
Josja verdween. Al die tijd hebben we niks meer van hem
gehoord. We weten niet wat er met hem gebeurd is.
Misschien zullen we het nooit weten.

Ze vertellen hier verschillende verhalen. Hij is terug
naar het weeshuis, beweert de heks Klinkhamer. Anderen
zeggen dat hij in de gevangenis zit, of in het gekkenhuis.
Verder willen ze er liever niet over praten. Nog even en dan
zullen ze Josja helemaal vergeten. Over wat erg is mag je
bij ons niet praten. Over Oostzaan praten ze ook al niet
meer. Als je het nooit meer noemt, is het niet gebeurd, denken ze. Maar ik weet beter, ik zal deze zomer nooit vergeten. En ik wil dat iedereen weet wie Josja Pruis was.
Daarom maken Ada en ik juist dit boek.

Mijn vriend Josja Pruis, mijn broertje Tobi. Voor de tweede keer verloor ik mijn broer. Eigenlijk nog voor ik hem
goed had leren kennen. We weten nu wel veel van Josja,
ook door het Rode Marmerboek, maar sommige dingen
blijven duister. Op de laatste bladzijden in het Rode
Marmerboek is de inkt doorgelopen en is alles onleesbaar

geworden door het water. Misschien is het goed dat er geheimen blijven. Raadsels hoorden bij Josja.

'Maar dat van Heinzi Poltzer moeten we uitzoeken,' zegt Ada. 'En waarom Josja Josja Pruis heette.'

'Ze hebben hem in het Witte Huis een nieuwe naam gegeven,' zeg ik. 'Ze wisten niet wie zijn vader was. Misschien heet die zuster Agnes wel Pruis.'

Ik denk na over namen en ouders. Josja Pruis, Josja Poltzer. En dan ineens realiseer ik me iets waar mijn hart van gaat bonzen. Ik stop met roeien en laat de riemen door het water slepen.

'Mijn moeder heet Nellie Prins,' zeg ik. 'Opa Homme Prins is haar vader, die opa die bij de Duitse soldaten op het kerkhof ligt.'

Ada pakt mijn arm vast en knijpt erin.

'En jij heet Homme Prins,' zegt ze. 'Jij hebt dus ook niet de achternaam van je vader.'

Ik laat de boot met de stroom meedrijven.

'Je wist al zo weinig van je vader,' zegt Ada, 'en nou ben je ook nog zijn naam kwijt?'

'Geen graf op het kerkhof, geen naam en toch is hij er geweest.'

'Er is maar één die het weet.'

Ik pak de riemen weer op en roei zo hard ik kan naar de haven. We praten onderweg niet meer. We leggen de boot aan en lopen direct door naar mijn huis. Ada wil er bij zijn; ik vind dat fijn.

Mam is in de kamer. Ze was aan het strijken, maar nu gaat ze bij de tafel zitten. Haar vingers trekken gootjes in het tafelkleed.

'Jullie zijn dus nog altijd met die vreemde jongen bezig,' zegt ze.

Alsof we Josja ooit zullen vergeten! We zijn al zo lang bijna elke dag met hem bezig.

'Ik heet Homme Prins,' zeg ik.

Mam kijkt me aan. Ze staat met een ruk op en loopt naar de keuken. Het is daar een tijdje stil. We durven ons niet te verroeren. Dan komt ze terug. Ik zie dat haar wangen rood zijn. Haar ogen schitteren alsof ze koorts heeft.

'Ga eens even zitten,' zegt ze. 'Kinderen die geen vader hebben, worden gauw volwassen. Misschien moet ik het je nu vertellen.'

Ze zucht en schuift een kopje over het tafelkleed.

'Je hebt mijn naam,' zegt ze, 'omdat je vader er niet was toen je geboren werd.'

'Maar hij is er geweest,' zeg ik. 'Elk kind heeft toch de naam van zijn vader? Ook al is die vader dood?'

'Je vader mocht je vader niet zijn,' zegt mam. 'Het mocht niet van de mensen hier. Het mocht niet van je opa. Jouw vader was een vreemde.'

Mam pakt haar zakdoek en knijpt erin. Ik ben bang dat ze gaat huilen en dan niks meer wil zeggen. Ze kijkt van Ada naar mij. Ze schuift haar hand over de tafel. Maar als ze me bijna aanraakt, trekt ze hem toch weer terug. Ze glimlacht naar me en knikt.

'Ik hield van je vader,' zegt ze. 'Wat maakt het dan uit dat hij een vreemde was die niet bij ons hoorde? Dat hij een Duitser was? Maar ze vonden dat ik met de vijand heulde. En toen de oorlog voorbij was, schoren ze me kaal.'

Ze zwijgt en staart voor zich uit. Ik kijk Ada aan. Ze knikt naar mij. Ik durf niks te zeggen. We horen de klok tikken. Mam snuit haar neus in een zakdoek. Dan gaat ze staan en kijkt mij recht aan.

'Je vader, Homme, was een Duitse soldaat. Ze vonden

het hier allemaal een schande. Maar ik hield van hem. Kon hij het helpen dat ze hem hierheen gestuurd hadden! Je kunt trots op hem zijn, Homme, je vader was Heinzi Poltzer.'

Iemand knijpt mijn keel dicht. Woorden kan ik niet meer maken. Het bonst bij mijn slapen. Mam vertelt met zachte stem verder. Over Tobi, die dood geboren werd en in het ziekenhuis achterbleef. Over opa Homme, die de naam van Tobi nooit meer wilde noemen.

Ik voel me vreemd opgewonden. Alsof ik op het punt sta om aan een lange reis te beginnen. Ik haal een paar keer diep adem. Dan zeg ik langzaam:

'Heinzi Poltzer is ook de vader van Tobi. Als het waar is dat mensen opnieuw geboren worden, dan is Tobi opnieuw geboren als Josja. En als Josja Tobi is, dan is hij eigenlijk weer mijn tweelingbroer.'

'Dan had Josja toch gelijk,' zegt Ada. 'Dan is Heinzi Poltzer eigenlijk ook een beetje zijn vader.'

Ze staat op en gaat achter me staan. Ze trekt mijn hoofd naar haar borst. Het interesseert haar niet dat mam het ziet. De vanillegeur legt kussentjes in mijn hoofd.

'Jullie leken ook zoveel op elkaar,' zegt Ada. 'Pruis en Prins: zelfs jullie namen zijn bijna gelijk.'

Verantwoording

134   HET JAAR 1956

Het boek speelt in het jaar 1956, bij uitgave van dit boek precies vijftig jaar geleden dus. De jongens droegen in die tijd plusfours, de
meisjes petticoats en ze dansten de rock-'n-roll.

   1956 was een rumoerig jaar. De Russen sloegen de opstand in
Hongarije neer, in het Midden-Oosten was er de Suez-crisis: was het
Suez-kanaal van Westerse landen (Engeland) of van Egypte?

DE AGENDA VAN LUBBE LUITEN

De bijzonderheden onder de titel van een hoofdstuk komen (zogenaamd!) uit de agenda van Lubbe Luiten. Hij keek elke dag in de
krant en noteerde in zijn agenda wat er in ons land of op de wereld
was gebeurd. Als je de kranten uit die tijd erop naslaat, zul je zien
dat de gebeurtenissen echt plaatsvonden.

FRANZ JOSEPH GALL

Wat Josja vertelt over de knobbels in het hoofd is niet helemaal door
Josja verzonnen. In de achttiende eeuw was er een Duitse dokter die
Franz Joseph Gall (1758–1828) heette. Hij was dokter in Wenen en
bedacht de knobbelleer (frenologie). Hij dacht dat er verband was
tussen wat je kunt en hoe je hoofd eruitziet. Elke bekwaamheid of
karaktereigenschap zou een eigen plek in de hersenen hebben. Als je
ergens goed in bent, kun je dat aan een knobbel op de schedel zien.
We zeggen nog altijd dat iemand een wiskundeknobbel heeft.

   Gall dacht dat er 27 'organen' in het hoofd zaten, van elk twee, net
zoals het oog links en rechts. Later kwamen er andere frenologen die
dachten dat er aan de linkerkant andere organen zaten dan rechts.
Ze telden er ook meer.

   Gall was in zijn tijd een zeer beroemde man, maar later kwam er
kritiek op zijn theorie. Tegenwoordig gelooft men niet meer in zijn
'hokjestheorie'. Knobbels op het hoofd hebben niks te maken met
iemands kunnen. Wel zijn bepaalde emoties en gaven gelokaliseerd
in de hersenen. Het taalcentrum zit bijvoorbeeld echt aan de linkerkant. Mensen die daar een bloeding krijgen, verliezen ook hun taal-
of spraakvermogen.

Josja's geheimtaal is eigenlijk heel eenvoudig. Maar het is wel even oefenen om er vlot mee te spreken. Op de plaats van een klinker zette Josja gewoon 'adie'. 'Kom maar' werd dus: Kadiem madier. 'Ik ga naar huis': Adiek gadie nadier hadies.

Mijn ouders waren rivierschippers die in de jaren dertig en veertig van de twintigste eeuw steenkool uit het Ruhrgebied in Duitsland haalden. De adie-geheimtaal werd in hun beroepsgroep ook echt gesproken. Ook als mijn vader en moeder even iets wilden bespreken dat niet voor mijn oren bedoeld was, deden ze dat josjaiaans.

135

DE FOTO'S UIT HET RODE MARMERBOEK

De kinderen op de foto's in dit boek hebben allemaal echt bestaan.

Giacomo en Giovanni Tocci zijn geboren op 4 oktober 1877 in Noord-Italië. Ze vertrokken al jong naar Amerika, waar ze als de 'tweehoofdige jongen' een attractie werden. Ze konden niet lopen. In 1890 gingen ze terug naar Italië. Het is onbekend wat er daarna met hen gebeurde. De foto van de Tocci-broers in de stoel op pagina 31 is gemaakt door de fotografen Obermuller en Kern in New York in 1885.

Ritta en Christina zijn in maart 1829 geboren op het Italiaanse eiland Sardinië. Hun ouders waren arm en lieten de twee naar Parijs gaan om ze tentoon te stellen. Ritta werd ziek en stierf. Christina volgde daarna snel. Ze hebben ongeveer acht maanden geleefd. Hun skelet is te zien in het Museum National d'Histoire Naturelle in Parijs. De afbeelding van Ritta en Christina op pagina 94 is ontleend aan *The Flamingo's smile-Reflections in natural history* van Stephen Jay Gould (New York/Londen: W.W. Norton & Company, 1985).

De foto van Myrtle Corbin is gemaakt in 1882 door Charles Eisenmann. Myrtle is in 1868 geboren in Tennessee (Amerika). Haar middelste benen waren te zwak om op te lopen, maar ze kon ze wel bewegen. Op negentienjarige leeftijd trouwde ze met Clinton Bicknell, een dokter, en ze kreeg vier dochters en een zoon. Ze zou in 1927 zijn overleden, maar dit is niet zeker.

De tekeningen van Josja in het Rode Marmerboek (van Wouter Tulp!) zijn gemaakt in navolging van de Franse schilder Le Brun (1619–1690).

De ansichtkaartenverzamelaar Harrie Garrelds uit Hengelo zorgde ervoor dat ik de kaart van zuster Agnes aan Josja kreeg (zie pagina 112).

NEDERLANDSE
KINDERJURY
2007

ISBN-10 90 00 03748 4
ISBN-13 978 90 00 03748 3
NUR 283
© 2006 Uitgeverij Van Goor
Unieboek BV, postbus 97, 3990 DB Houten

www.van-goor.nl
www.unieboek.nl
www.harmdejonge.nl

tekst Harm de Jonge
illustraties Wouter Tulp
boekverzorging steef liefting